2003 tudem
EDEBİYAT ÖDÜLLERİ
ROMAN BİRİNCİSİ

mavi zamanlar

Mavisel Yener

mavi zamanlar

Mavisel Yener

Birinci Basım: Ekim 2003
İkinci Basım: Mayıs 2004
Üçüncü Basım: Ocak 2005
Dördüncü Basım: Şubat 2006
İSBN: 975- 6451 - 48 - 3

Kapak Resmi
Asuman Portakal

Kapak Tasarımı
Halil İ. Yıldırım

Dizgi
Tudem Dizgi Ünitesi

Baskı
Ertem 0.312.418 07 11
ANKARA

Merkez : Cumhuriyet Bulvarı No: 302/501 • Alsancak - İZMİR • Tel: 0.232.444 90 90 • Faks: 0.232.463 48 20
GSM: 444 90 90 (Turkcell) • www.tudem.com • e-mail: tudem@tudem.com
Bölge : Ankara Cadddesi No: 51/83 • Cağaloğlu - İSTANBUL • Tel: 0.212.444 90 90 • Faks: 0.212.513 62 89
Bölge : Yeni Ziraat Mahallesi 13. Sok. No: 26/17 • Altındağ - ANKARA • Tel: 0.312.444 90 90 • Faks: 0.312.384 11 18
Bölge : Emin Ali Paşa Cad. Bostaniçi Sok. No:4-1 • Bostancı - İSTANBUL • Tel: 0.216.444 90 90 • Faks: 0.216.416 60 81

2003 tudem

EDEBİYAT ÖDÜLLERİ
ROMAN BİRİNCİSİ

mavi zamanlar

Mavisel Yener

tudem kültür

"İyi ki konmuş şiir kuşum
Gün görmüş köprüsüne Allianoi'nin
En geçkin taşlarıyla çınlar duruşu
Köpükler dağıtır gelip geçene

İyi ki bağlamışım gezgin atımı
Gıcırdayan bir tekerleğin izine
Ha desem haydalanır tozu dumana katar
Uyandırır geceyi kör uykusundan
Adsız yolculuklara bağışlar"

Ahmet Günbaş

Tülün ardında görünüyordu.
"Ay"... Masal anlattı bana bir dolunay gecesinde,
uyumadık sabahlara kadar...
Merhaba güvercin sevdalısı, dolunay masalcısı!
"İffet Diler, İlya Yaraş ve bütün su çocuklarına..."

BİRİNCİ BÖLÜM

Birce, evlerinin arka sokağındaki dar ve loş dükkâna girdi. Yedinci sınıf ders kitaplarını verip onların yerine tatilde okuyabileceği kitaplar alacaktı. Bu dükkânda okunmuş masal, öykü, şiir kitapları, romanlar bulunurdu, hem de ucuza...

Genzine dolan toz kokusuna aldırmadan kitapları inceledi. Beğendiklerini ayırdı. Alt raftakilere daha iyi bakabilmek için diz çöktü. Kalın kitaplardan birinin adı ilgisini çekti: *"Gizli Geçitleri Bulmanın Yolları"* Eline aldı, evirdi çevirdi, seçtiklerinin yanına koydu. Hepsini kucaklayıp kitapçının tahta masasına götürdü. Adam gözlüğünün üstünden kitaplara bakıp hesap yaptı.

"Bunların ederi senin ders kitaplarından daha fazla, üstüne para verebilecek misin?"

Birce ezilip büzüldü:

"Hayır, hiç param yok. Ama bizim evde okunmuş çok kitap var, size onlardan da getiririm, bunların hepsini almak istiyorum, lütfen!"

Kitapçı gülümsedi:

"Peki al; ama iki tane daha okunmuş kitap getir sonra."

Birce eve bir solukta geldi, merdivenleri koşa koşa çıktı. Zili çalarken yüreği yerinden fırlayacak gibiydi. Kapıyı kardeşi Ece açtı. Gözlerini devirerek,

"Anne, şuna bak, ne çok kitap almış! Açgözlü n'olcak işte!" diye bağırdı.

Birce öylesine mutluydu ki Ece'ye yanıt vermedi. Başka zaman olsa onu nasıl susturacağını iyi bilirdi.

Annesi kitapları görünce sevindi:

"Yaz tatilinde başka kitap istemezsin artık benden!"

"Yok canıııım, daha neler anne! Ben bunları bavuluma koyacağım, orada okur bitiririm hepsini."

"Hepsini alsan da okuyamazsın, birini seç, onu götür. Bavulunu gözden geçirdin mi? Havlu koyacaktın, koydun mu?"

"Bugün dördüncü soruşun anne, havlumu da, pijamamı da koydum. Her şeyim hazır."

Kitapların hepsini gözden geçirmek, tek tek incelemek, arka kapaklarını okumak istiyordu. Ece tutturmuştu, ille de onlara ablasından önce bakacaktı. Birden kavgaya tutuştular.

"Birce ne olur izin versen, beraber baksanız..."

Annesinin bu sözü Birce'nin hoşuna gitmemişti, kitaplarına yalnızken bakmak istiyordu. Ece, en kalın olanını kaptı, hışımla yere atıp odadan çıktı. Ağlamaklı sesiyle bağırdı:

"Al! Oku! Sanki bayılmıştık senin eski püskü kitaplarına!"

Birce sakinleşmeye çalıştı. Yerdeki kitabı eline aldı. Kapaktaki yazıyı yeniden okudu: *"Gizli Geçitleri Bulmanın Yolları"* Bu isim nedense onu heyecanlandırmıştı.

Kendine özgü kokusu olan eski kitapları okumak için sabırsızlanıyordu.

Annesi akşam yemeğine çağırdığında odasından isteksizce çıktı. Babasının işten geldiğini bile duymamıştı.

"Babacığım, ne zaman geldin? Hoş geldin!"

"Sana getireceğim bir şey olsaydı, duyardın geldiğimi, değil mi?" diye şakayla karışık sitem etti babası.

Ece kasım kasım kasıldı:

"Ben açtım babama kapıyı. Getirdiği çikolatayı da bana verdi, yaaaa!..."

Annesi hemen atıldı:

"Ece, çikolata ablanla ikinizin, ona göre!"

Ece yine mızıklamaya başlamıştı: "Ama neden hep onunla paylaşıyorum her şeyimi, hem babama ben açtım kapıyı."

Birce, kaşlarını kaldırdı, dudağını büktü, onu küçümseyen bir yüz hareketi yapıp babasına döndü:

"Baba, bil bakalım bugün ne oldu?"

"Annen söyledi, bir kucak kitapla gelmişsin eve. Pazarlık mı yaptın kitapçıyla?"

"Hayır, ama bizim evde okunmuş çok kitap olduğunu, ona iki tane daha kitap götürebileceğimi söyledim."

"Hangi kitaplardan söz ediyorsun?"

"Seninkilerden..."

Annesi kahkahayı koyverdi. Babası sinirlenmişti:

"Kitaplarıma ellemek yok küçük hanım! Onları, eski kitap alanlara benden habersiz verecektin, öyle mi?"

"Hayır, baba... Senden habersiz değil. Hem... Senin okuduğun kitaplar verilmiyor da benim okuduklarım neden verilecekmiş? Ders kitaplarımı verebilirim; ama öykü kitaplarımı, romanlarımı vermek istemiyorum."

"Sevdiğin kitapları sen de verme kitap kurdu. Okul kitaplarını para verip alırız. Bir daha benim kitaplarımla ilgili tek söz yok, anlaştık mı?"

"Peki baba, anlaştık!"

O arada, Ece kimseye fark ettirmeden mutfaktan yavaşça dışarı süzülmüş, çikolatayı midesine indiriyordu.

***

Birce sayfalar arasında çoktan kaybolmuştu. Kitaba adını veren *"Gizli Geçitleri Bulmanın Yolları"* adlı masalı okurken elektrikler kesiliverdi. Cümle yarıda kalmıştı. Oysa Birce bu masalı çok merak ediyordu. Birdenbire karanlığa gömülünce sinirlendi:

"Anneeee, elektrik kesildi."

Babası muzipçe seslendi:

"Bizim burada kesilmedi, sizin orada kesildi mi?"

"Ya baba, biliyorum işte, elektrik her yerde kesik; bana ışık bulun!"

Ece ağlayıp tepiniyordu:

"Yaaa, dizi filmin en heyecanlı yerinde kesildi, yaaaa!"

O sırada annesi elindeki mumla Birce'nin odasına girdi.

"İstersen pijamanı giy, dişlerini fırçalayıp yat Birce, elektrik ne zaman gelir belli olmaz. Nasıl olsa bavulun da hazır. Mum ışığında kitap okuyayım deme sakın!"

Annesi mumu bırakıp gitti. Titrek alev, açık sayfaya vuruyor, kitap, olduğundan daha da eski görünüyordu. Birce masalı öylesine merak ediyordu ki kitabı mum ışığında okumayı denedi. Sayfayı ölgün ışığa iyice yaklaştırarak okudu:

"Mum alevinin büyüleyici bir etkisi vardır. Binlerce yıl boyunca gecelerini mum ışığında geçirmiş olan atalarımız, bu büyülü nesneye bakarken yaşamın gizemlerini içeren masallar yazmışlardır. İşte bunlardan birini okuyacaksınız."

Birce gözlerine inanamadı. Ürperdi. Kitapta yazan tümceyi bir daha okudu. Merakı daha da arttı. Bu cümleyi mum ışığında okuması bir raslantı mıydı? Masalı okumaya devam etti...

"Mavi zaman içinde, eski hamam dibindeyiz. Masallar yüz yıllar, bin yıllar öncesindendir de ondandır 'Mavi Zaman'

deyişimiz. Ne uzundur, ne kısadır, ustadır masalımız. Kapısını kendi açar, kendi kapar! Tadı bundan artar!

Develer tellâl, pireler bakkal, kurbağalar berber değil bu masalda. Tellâlı da, bakkalı da, berberi de senin benim gibi insan. Develer, pireler, kurbağalar evcilleşmiş, eski hamam içinde top oynarlar. Sözü uzatmayalım, gelelim anlaşmamıza.

Onca kitabın içinden bunu seçmen bir rastlantı olamaz değil mi? Şimdi bir sözleşme yapmalıyız seninle. Bu masalı okumaya başlarken bilmelisin ki, ya sonsuza taşımalısın bu gizemi ya da hemen bırakmalısın okumayı. Çünkü o sana, dereden tepeden, dumanlı dağlardan, ateşli sulardan geçip de geldi.

Senin dünyan hangi zaman diliminde olursa olsun, suyun ateşinin kaynağındaki gizemi bulmalısın. Masalım seni Mavi Zaman'daki hamama götürecek, çözmen için gizemi.

Sakın demeyesin, hamamın kubbesi yok, tası yok, kurnası yok, suyu yok! İşte ilk ipucu sana. Dünya güzeli su perisi hâlâ yıkanıyor orada.

Ben kim miyim? Sahi, tanıtmadım kendimi sana. Bu masalın senden önceki anlatıcısıyım. Mavi Zamanlar'ın dolunay masalcısından öğrendim bunları...

Masallarımın dolambaçlı yolları gizli geçitlere açılır hep. Şunu bilesin ki; bir masalımı okuyan ikincisini eline geçirse bile asla okumamalıdır. Çünkü çözdüğümüz her sır yük bindirir omuzlarımıza. İndiriverelim yükü dedik mi sular köpürür, dağlar uyanır, sır perileri üzülür. Gizli geçitlerin yolunu bulmaya hazır mısın?"

Tam o sırada Ece, ablasının odasının kapısında bitiverdi. Aralığa gözünü uydurup içeri baktı, ciyaklamaya başladı:

"Anneeee, ablam kitap okuyoooo!"

Birce yerinden sıçradı, yüreği korkuyla hopladı. Sonra elini dudaklarına götürerek Ece'ye sus işareti yaptı.

Annesi duymuştu. Bir anda odanın kapısında bitiverdi.

"Birce, ne yapıyorsun? Mum ışığında kitap okunur mu? Gözlerine hiç acımıyor musun?"

Birce kitabı kapadı, mumu eline alıp dişlerini fırçalamaya gitti. Diş macunu ile köpürttüğü dişleri, banyonun aynasına vuran mum ışığında gözüne yarasa dişleri gibi göründü.

Aynaya biraz daha yaklaşıp iki derin çukur gibi yansıyan gözlerini seyretti. Yüzünü inceledi, iskeletini görüyor gibi oldu bir an. Saçmalıyorum, diye geçirdi içinden. Yine de yüzüne bir korku dalgası yayıldı. Ece'nin şıpıdık terliklerini sürüyerek içeri girmesiyle toparlandı.

"Anneeeee, ablam dişlerini güzel fırçalamadı, aynaya bakıp oyun oynuyoooo!"

Birce dudak büktü:

"Ayyy, hiç çekilmiyorsun gecenin bu karanlığında. Sanki dişlerimi görmüş de..."

Ece, "Anneme söyleyeceğim seni." diyerek banyodan çıktı.

Birce ters ters baktı arkasından. Bu çocuk bana hesap sormak için gelmiş sanki dünyaya, diye düşündü. Ağzını çalkaladı, mumu alıp odasına gitti, pijamalarını giyip yattı.

Kitabı alıp okumak geçti aklından bir an, bu düşünceyle kalbi küt küt çarptı. Ama annesini kızdırmayı göze alamadı. Yatağına oturup mumun odanın içinde dans eden oynak ışığını seyretti bir süre, sonra mumu üfleyip yatağına girdi.

Yolculuğa çıkacak olmanın ve okuduğu masalın heyecanı, onu uyutmuyordu; uyku alıp başını gidince, geç saatlere kadar yatakta dönüp durdu.

Birce'nin yazdığı öykü, yarışmaya katılan beş yüz elli iki öykü arasından ikinci olmuştu. Öğretmeni ona ilköğretim okulları arasında düzenlenen öykü yarışmasını duyurduğunda içini çekip mırıldanmıştı:

"Onca öykü arasından benimki kazanacak değil ya, rüyamda görsem inanmam! Okulumuzda Arzu gibi ödüllü öğrenciler varken sıra bana gelmez."

Öğretmen önce bakışlarıyla yanıtlamış, sonra sözleriyle yüreklendirmişti onu:

"Başarmak istiyorsan önce düş kur, kendine güven. Sonra ne yapacağını zaten biliyorsun..."

Birce yazmaya hemen o gece başlamış, el yazısı ile üç sayfa tutan öyküsünü öğretmenine verdiği gün, içinde bir hafiflik duyumsamıştı. Ondan sonrası hızla gelişmiş, öyküsü okulda seçilen beş öykünün içine girmiş, yarışmaya gönderilmişti.

Sonuçların açıklanacağı gün, okulun müdürü, öğretmeni ve yarışmaya öyküsü gönderilen dört okul arkadaşıyla birlikte ödül töreninin yapılacağı Belediye Kültür Merkezi'nin büyük salonundaydılar.

Birce'nin heyecandan bacakları titriyor, sık sık tuvaleti geliyordu. İçinde bir ateş topu yuvarlanıyor gibiydi, karnına sancılar saplanıyordu.

Mikrofondaki ses ne zaman ismini okudu, öğretmeniyle birlikte nasıl sahneye çıktılar, ödülünü Milli Eğitim Müdürünün elinden ne zaman aldı, bilemiyordu.

Gözü etrafı görmeye başlayınca, izleyenler arasında önce annesini, sonra babasını ayrımsadı. Müdür, öğrencisinin ödül aldığını bir gün önce öğrenmiş, Birce'nin annesi ve babasını da çağırmıştı törene. "Arkeolojik kazı alanında bir haftalık tatil" kazandığını öğrendiğinde Birce'nin gözleri bir başka ışıldıyordu. Okullarından biri ödül kazandığı için arkadaşları da mutluydu.

Birce için asıl ödül, anne ve babasından kazı alanına gitme iznini alması olmuştu. Babaannesi ve halalarının, "Çocuğu yılanların, çiyanların cirit attığı bir yere yalnız gönderiyorsunuz, amma da gamsızsınız... Tövbe, tövbe! Başına bir iş gelirse görürsünüz gününüzü!" diye çıkışmalarından sonra annesiyle babası Birce'yi göndermekten vazgeçer gibi olmuşlardı. Neyse ki, sonunda izin vermişlerdi.

Yarışmanın birincisi Aktan, üçüncüsü Sevilay ve mansiyon alan Işıl ile birlikte gidecekti kazı alanına. Ödül töreni sırasında birbirlerini göz ucuyla süzmüş; ama birkaç kutlama sözcüğü dışında pek bir şey konuşmamışlardı.

Birce bunları düşünürken elini başının ucunda duran kitaba uzattı. Kitapların içine yüzlerce insanın dalıp gittiğini, yüzlerce insanın da kitapların içinden çıkıp yaşantımıza girdiğini düşündü.

Acaba "gel" desem kitabın içinden çıkıp gelen olur mu, diye düşündü. Birce'ye sürekli bir şeyler anlatan bu kitap, kapalıyken bile açıktı sanki.

Birce, pikesine sımsıkı sarıldı, gözlerini iyice yumdu. Birkaç kez gözlerini karanlığa açıp kapadı.

İKİNCİ BÖLÜM

Mustafa, toprağın derinliklerinden çıkarmak için iki gün uğraştığı kafatasının üzerindeki toprak kalıntılarını fırçayla temizliyordu. Kazı alanında sevinçle hüznü bir arada duyumsarlardı çoğu zaman. O da iki duyguyu aynı anda yaşıyordu şimdi.

Elindeki fırçayı, makaslarla, bıçaklarla, ince uçlu madeni kalemlerle dolu bir ameliyat masasını andıran tahta sehpanın üstüne bıraktı.

Toprakla kardeşleşmiş yarık ellerini, kafatasının üstünde okşarmış gibi dolaştırdı, gözlerini kısarak gülümsedi. Kafatasını parçalamadan çıkarabildiği için mutlu, onca yıllık uykusundan uyandırdığı için hüzünlüydü.

İnsan ve hayvan kemikleri bozulmadan on binlerce yıl toprak altında kalabilirdi. Fakat, toprağı alınmış ve güneş ışınlarıyla nemini yitirmiş kemikler çok kolay dağılabilirdi. Bu nedenle dikkatli çalışmaları gerekiyordu.

Sibel, elinde özenle tuttuğu çene kemiğini göstererek,

"Şuraya baksana, dişlerin hepsi sapasağlam ve eksiksiz. Eski zaman insanında diş çürüğü yokmuş herhalde." dedi.

"Belki de sert gıdalarla beslendiklerinden dişleri daha sağlamdı, kim bilir." diye yorum yaptı Mustafa.

"Doğru söylüyorsun, o zaman gofretler, cipsler, kolalar yokmuş ki..." diyerek gülümsedi Sibel.

Ellerindeki buluntuları kalın karton kutulara koyup üzerine kazı alanının adını, kazının yılını, iskelet numarasını ve öteki bilgileri yazdılar. Aynı bilgileri içeren birer kartı da kutuların içine koydular. Ayrıca ellerindeki kayıt fişine gerekli bilgileri not aldılar.

Kazı alanının en genç üyesi, arkeoloji bölümü ikinci sınıf öğrencisi Erkan, elindeki kutuları göstererek, "Hey! Kemikçi Sibel, kemik odasına gidiyorsan, şunları da götürür müsün?" diye seslendi.

Kazı sırasında bulunan hayvan ve insan kemiklerini kutulayıp sakladıkları odaya "Kemik Odası" diyorlardı. Bu odadan Sibel sorumlu olduğu için adı "Kemikçi Sibel"e çıkmıştı.

Ufuk, kazı alanındaki ahşapla kaplanmış yoldan el arabasıyla geldi. Etrafa şöyle bir göz gezdirip, "Çocuklar, Ahmet abiye n'oluyor öyle?" diye seslendi.

Kazı başkanı Ahmet Bey çitlenbiğin gölgesinde durmuş, elleri belinde, derin derin soluk alıyordu. Canının sıkkın olduğu yüzünden okunuyordu. Hep birlikte yanına gittiler.

"Ne oldu Ahmet abi?" diye sordu Mustafa.

Ahmet Bey elinin tersiyle alnındaki terleri silerken,

"Su motoru başımıza iş açtı, sargısı yanmış yine." dedi.

"Yapma be abi!"

"Bugün konuklarımız da gelecek üstelik. Tam gününde olur böyle işler!"

"Ne konuğu?"

"Yarışmada ödül alan dört öğrenciyi bugün getirip bırakacaklar ya..."

"Sahi, tamamen unutmuşum onları. Çabuk olalım da onlar gelmeden motoru söküp tamire gönderelim abi." dedi Mustafa. Erkan ile birlikte soluğu su kuyusunun başında aldılar.

İçinde bir çocuğun yıkanabileceği genişlikteki tencerede çorba pişiren Pülmüz teyze, mutfağın sıcağından bunalmış bir hâlde, ellerini önlüğüne silerek söylene söylene dışarı çıktı. Konuşulanları duymuştu. Kızına seslendi:

"Gilman, hele bi koşu git söyle Mustafa abine, o 'tamirci' denilen adama motoru çabuk göndersinler. Depoda az su kaldı, bitiverirse yandık demektir. Arzu'ya haber verin; bugün tuvaletlere o bakıyor, suları harcamasın!"

Gilman, annesinin söylediklerini yetiştirmek için bir sağa

bir sola koştu. Arzu'yu kazı alanında bulduğunda nefes nefese kalmıştı.

Yamacın altındaki yoldan gelen minibüs, kıyametler koparıyordu. Sabahtan beri Gilman'ın içine bir kurt düşmüş, ya gelmezlerse diye, düşünüp duruyordu. Minibüsü görünce gözlerinin içi güldü, dağları taşları inleten sevinçli sesiyle bağırdı:

"Bakın! Bakın! Geliyorlar işte, yaşasın! Anneeee... Koş, gel! Konuklar geldiii..."

***

"Mavi zamanların dolunay masalcısı, dut ağacından yaptığı kağıt parçasına 'Gizli geçitleri bulmanın ilk kuralı; gök evrenin mavisini görebileceğin, dağların kekik kokan havasını soluyabileceğin, yelin fısıltısını, suyun şırıltısını duyabileceğin bir yerde olabilmektir.' yazmıştı. Yarı şeffaf mor kâğıdın üstündeki yazı şöyle devam ediyordu:

Her şey yaşamın gizli geçitlerine yol olabilir, yeter ki gör!

Zamanı kendi içine kilitleyip bıraktım sana. Sözlerim üzerinde düşün, onlara gizli anlamlarını giydir. Bazı denemeler seni korkutup heyecanlandırabilir, oysa binlerce yıl öncesinden gelen fısıltıların yankılandığı düş ülkesi seni bekliyor.

Masalcılar, Kaf Dağı'na açılan kabartmalarla süslü kapıyı keşfettiklerinde yalnız olurlar hep. Ama sen yalnız değilsin.

Sınırları aşmak için zorluklar bekliyor sizi. Su perisinin ülkesine vardığınızda hiç kimsenin beklemediği bir şey olacak. Dileğim odur ki, zamana gizlenmiş bilginin sahibi olun ve onu gerektiği gibi kullanın.

Aranızdan her kim yeşil karıncalara kulak kabartırsa, üç köşeli tası bulur. Tası kumla parlatan tılsıma yaklaşır.

Dolunay Masalcısı bana bu masalı anlatırken; pencereden görünen çıplak dağ bir anda ormanla kaplanıverdi. Sonra, ebemkuşağından çatma antik bir köprü oluştu ormana uzanan. Ya sen ne görüyorsun pencereden?"

Kitabına dalmış olan Birce, Işıl'ın sesiyle irkildi.

"Heyyyy, baksanıza! Çıplak dağ bir anda ormanla kaplanıverdi. Burası harika bir yer!"

Birce şaşkınlıkla Işıl'ın yüzüne baktı, kitaptaki yazıyı onun da okuyup okumadığını anlamaya çalıştı. Işıl gülümsedi.

"Yolculuk sırasında kitap okurken miden bulanmıyor mu Birce?"

"Hayır, hiç bulanmaz. Senin bulanır mı?"

"Başka konu konuşsanız da midemizi ayağa kaldırmasanız iyi olur." dedi Sezin Hanım.

Minibüs sert bir dönüşle toprak yola saptı. Şoför dikiz aynasından bakarak konuştu:

"Geldik sayılır."

Yolun kıyısındaki tabelayı okudular: **"Allianoi (Alyanoi) Kurtarma Kazısı Alanı**"

Kitabın gizli bir şifresi mi vardı, Işıl rastlantıyla mı o cümleyi söylemişti, Birce karar veremiyordu. Kitabın açık olan sayfasındaki harflerin görünüşleri değişti, kâğıdın üstünde önce yuvarlaklaşıp sonra yıldız biçiminde kıvrıldılar. Ya da Birce'ye öyle geldi.

Yüzlerce yıl önce yaşamış dolunay masalcısının görünmeyen varlığının yanında olduğunu hayal etti bir an. Bu büyüleyici olasılığın komik ve gerçek dışı olduğunu çok iyi biliyordu. Düşüncesini yanındakilerle paylaşsa onunla alay edebilirlerdi. Yüzüne karşı eleştirseler iyi, arkasından tefe koyabilirlerdi, üstelik hiçbirini tanımıyordu daha.

Yarışmayı düzenleyen belediyenin, gençleri kampa teslim etmekle görevli Kültür İşleri Müdürü Sezin Hanım, Aktan'ın omzunun üstünden dışarı baktı. Parmağıyla işaret etti:

"Çocuklar bakın! Bin yıllık, çift kemerli bir Roma köprüsünden geçiyoruz."

Birce nabzının hızlandığını duyumsadı. *"Sonra, ebemkuşağından çatma antik bir köprü oluştu ormana uzanan..."*

Bu da mı rastlantıydı?

Yol boyu mışıl mışıl uyuyan Aktan gözlerini ovdu, uykusundan sıyrıldı. Sevilay, çantasından çıkardığı minik aynaya bakarak kâküllerini düzeltti. Yemyeşil gözleriyle Aktan'a gülümsedi.

Birce, Sezin Hanımın verdiği minik poşeti yırtarak açtı, içindeki kolonyalı mendili çıkarıp kokladı, yüreğine bir serinlik gelir gibi oldu. Işıl, bu kokunun onda uyandırdığı ama bir türlü anımsayamadığı olayın ne olduğunu düşünmeye koyuldu.

Sezin Hanım, yol boyunca neredeyse ağzını açmamış olan şoföre kolonyalı mendil uzatırken kibarca sordu:

"Saat kaçta dönsek senin için uygun olur?"

Şoför çıplak ense kökünden durmadan akan teri silerken yanıtladı:

"Fazla kalmasak iyi olur, hava kararmadan İzmir'de olsak diyorum..."

"Siz de kalsanız bizimle Sezin abla..."

"Olur mu hiç, yarışmayı biz kazanmadık ki çocuklar! Bir hafta sonra gelip sizi alacağız. Kim bilir ne güzel zaman geçireceksiniz burada. Dönüşte anlatacak ne çok şeyiniz olacak."

Minibüsten inen altı kişiyi güzel kokularla yüklü ılık bir esinti karşıladı. Birce, günlerdir düşlerinde dolaştığı kazı alanına ayak basarken garip bir heyecan duydu. Koşarak minibüsün yanına gelen Gilman ve Mehmet'in candan gülümsemelerine onlar da karşılık verdiler.

"Hoş geldiniz, yolculuk nasıl geçti?"

"Sağ olun! İyi geçti."

"Çantaları alalım hemen!".

En fazla on yedisinde görünen Mehmet'in, güçlü, kuvvetli bir genç olduğu hemen anlaşılıyordu. Bir eline Birce'nin, diğer eline Sevilay'ın bavulunu tek hamlede alıverdi. Hep birlikte kazı evine doğru yürüdüler.

Çınarın altına uzanmış olan Cerenimo kulaklarını kaldırdı, indirdi. Birdenbire yerinden fırladı. Homurdanmaya başladı.

"Yat ülen aşağı..." dedi Mehmet.

Sezin Hanımın bakışları bir an Birce'nin iri iri açılmış gözleriyle buluştu. Mehmet, yüreklerinden geçeni suratlarından okumuş gibi,

"Korkmayın, bir şey yapmaz. Birkaç kere koklarsa hemen tanır sizi." dedi.

Cerenimo homurdanıp yavaşça yerine uzandı. Yine de tetikte olduğu dimdik duran kulaklarından anlaşılıyordu.

Kazı başkanı Ahmet Beyin dost sesi duyuldu:

"Hoş geldiniz, kusura bakmayın, sizi karşılayamadım. Motoru indirdik, her yanım yağ içindeydi. Hiç sırası değildi; ama terslikler oldu mu üst üste gelir işte..."

Gömleğinin kollarını sıvamıştı. Hepsinin elini sıktı. Karısına seslendi:

"Canan, gel! Konuklarımız geldi."

Gilman hepsini tepeden tırnağa süzüyor, öte yandan yüreğini kabartan sevinci belli olmasın diye dudaklarını ısırıyordu.

Canan Hanım güler yüzüyle hepsini çardağa buyur ettikten sonra mutfağa seslendi:

"Pülmüz, çaylar hazır mı?"

Küçük mavi gözlerinden hayat fışkıran Pülmüz teyze:

"Çayı şimdi demledim, az sonra hazır olur. Hoş geldiniz, hoş geldiniz, ne iyi ettiniz de geldiniz..." diyerek karşıladı konukları.

O sırada iri kıyım, atletik vücutlu Mustafa uzaktan göründü. Yolda duran el arabasını sanki kuş kadar hafif bir şeyi kaldırıyormuşçasına kaldırıp bir kenara koydu. Doğrusu ya, giysileri ile teni aynı renk olan, kocaman gövdeli, geniş omuzlu, saçı sakalına karışmış bu adamın ince ruhlu, duyarlı bir mimar olduğunu bilseler hepsi küçük dillerini yutardı. Yanlarına gelip onları merhabaladı.

İlya Çayı, binlerce yıllık öykülerle kaplı bir sonsuzluğun ortasında akıyordu. Çardak, onu tepeden seyrediyordu. Çardakta duran pinpon masası Aktan'ı sevindirdi. Çünkü Aktan çok iyi pinpon oynardı.

Ahmet Bey, Alyanoi'nin milattan önce ikinci yüzyılda kurulduğunu, ancak milattan sonra ikinci yüzyılda geliştiğini, bir zamanlar buğday başaklarıyla kaplı olan Kaikos Vadisi'nde sütunların nasıl yükseldiğini, kazılara nasıl başladıklarını heyecanla anlattı.

Alyanoi'nin dağınık öykülerinin nasıl toplanmaya çalışıldığını, sırlarının yavaş yavaş nasıl açığa çıkarıldığını, hemen her gün ilginç bir buluntuyla karşılaşıldığını dinlerken hepsi heyecanlanmıştı.

Canan Hanım, kazı bölgesinde her biri, köşelerine kazık çakılarak ve aralarına ip çekilerek belirlenmiş kare alanları gösterdi.

"Gördüğünüz her kare alanın harfler ve rakamlardan oluşan bir ismi vardır çocuklar. A9, E12...gibi..."

Karınca gibi çalışan işçileri ve arkeologları göstererek, "Hepsi yürekleriyle çalışıyorlar, bir hafta boyunca bunu sizler de fark edeceksiniz çocuklar. Biz burada arkeologlar, mimarlar, restoratörler ve fotoğrafçılar, kocaman bir aile gibiyiz." dedi.

Gilman:

"Sizi hepsiyle tanıştırırım!" dedi böbürlenerek.

"Bu yolların açılışında bizim köylünün çarığının hakkı çoktur." dedi Mehmet.

"Siz de arkeolog musunuz?" diye sordu Sezin Hanım.

"Hayır, arkeolog değilim, restoratörüm." diye yanıtladı Canan Hanım. Sonra devam etti: "Bir zamanlar burada seramik atölyeleri varmış. Bu nedenle çok sayıda pişmiş toprak kandil, metal, cam, kemikten yapılmış eser, seramik bulunuyor. Ben, kazıda bulunan bu yüzlerce, binlerce kırık dökük parçayı birleştiriyorum. Tıpkı bin parçalı birkaç yap bozun parçalarını karıştırıp, sonra birleştirmek gibi bir şey.

Parçaların aynı objeye ait olduğu anlaşılınca özel bir karışımla yapıştırıyorum. Bir küp ya da bir kâse çıkıveriyor ortaya, işim çok anlayacağınız.

Binlerce yıl öncesinden kalan kırık bir çömlek parçası bile, kazı bilimi ile uğraşanların gözünde geçmişle köprü kurmayı sağlayan önemli bir belgedir."

Bir an önce kazı alanını gezmek için sabırsızlanıyorlardı. Işıl, uzaktaki antik taş duvarları, yeniden ayağa kaldırılan görkemli sütunları ayrımsadı.

Bütün bunlar gökyüzünden düşmediğine göre eski çağlarda yaşamış insanlardan kalanlardı. Esrarlı bir yerde olduğunu duyumsuyordu Işıl. Binlerce yıl öncesinden insanların nabzını duyar gibi oldu. Geceyi burada geçirme fikri bir an korkunç geldi. Farkına varmadan Birce'nin omzuna yaslandı, sonra utanarak doğruldu. Birce bu dostça dokunuşu gülümseyerek karşıladı. Işıl ile yeni arkadaş olmalarına rağmen onu kendine yakın hissediyordu.

Pülmüz teyze, sofrayı kalaslardan yapılmış iki uzun masaya kurdu. Ortaya getirdiği koca tepsinin içinde dumanı tüten bir pizza vardı.

Vadiyi ve dağları ezgilere boğan yemek çanı çığlıklanırken sanki sevginin sesini yayıyordu doğaya.

Herkes toplanmadan yemeğe başlanmadı. Çardak yavaş yavaş kalabalıklaştı. Gelenlerin kimi başıyla, kimi de el sıkarak konukları selâmladı. Gilman çayların dağıtılmasında yardımcı oldu. Sezin Hanım, belediyenin gönderdiği kuru pasta kutularını açtı. Herkes iştahla yemeye başladı. Pizza tepsisi çabucak boşaldı.

Işıl, karşısında oturan Sibel ve Doğu ile konuştu. İkisi de kazı bilim okuyorlardı. Sibel ona ertesi gün birlikte kazı yapabileceklerini söyledi.

Işıl boğulur gibi sesler çıkararak yutkundu, soluk almaya çalıştı, heyecanlanmıştı:

"Gerçekten birlikte kazı yapar mıyız?"

"Evet, neden olmasın?"

Canan hanım, Ahmet Bey ve Sezin Hanım, çocuklarla ilgili olarak bir süre usul usul konuştular.

Aktan başıyla Arzu'yu gösterip, "Bu kadar sıska bir kız nasıl kazı yapabilir ki?" diye fısıldadı Birce'ye. Birce duyulacağından korkup suçlu suçlu etrafına bakındı. Gülmemek için zor tuttular kendilerini.

"Benim kuzenim de böyle zayıf, bir görsen uçacak sanırsın. Ama çok kuvvetlidir."

"Nasıl kuzen yani? Anlamadım?"

"Amcamın oğlu işte..."

"Nereden bileyim. Dayının, halanın, teyzenin oğlu da kuzenin olur. Amcamın oğlu desene..."

Birce'yi birden bir gülme aldı. Elâ gözleri gülmekten yaşarmış, yeşile dönmüştü. Aktan önce şaşırır gibi oldu. Sonra, Birce'nin neden güldüğünü anlayıp o da gülmeye başladı. Çayına şeker yerine tuz koymak üzereydi...

Gilman gözlerini kocaman kocaman açmış bu komik durumu seyrediyordu.

ÜÇÜNCÜ BÖLÜM

Aktan, Mustafa ve Erman'ın odasında konuk olacaktı. Kızlar, kazı evinin en eski bölümünde, Arzu'nun odasında kalacaktı.

Harap olmuş duvarlar, denizin rengini hatırlatan boya ile boyanmıştı; odanın tavanından sallanan tek ampul, parlak çiğ bir ışık veriyordu. Yan yana dört somya konulmuştu. Orta yerde ince bacaklı tahta bir masa vardı. Bir tane de sandalye... Yerden tavana kadar yükselen tahta raflardan başka eşya koyacak bir yer yoktu. Pencereyi perde olarak tavandaki kornişe tutturulmuş bordo bir kumaş kapatıyordu.

Kızlar da Arzu gibi yapıp bavullarını boşaltmadan bir köşeye koydular. Buruşacak birkaç giysiyi badana ve sıvaları yer yer dökülmüş duvardaki çiviye astılar. Birce neredeyse beline uzanan saçlarını at kuyruğu yaptı. Şimdi daha rahattı.

Odalarından çabucak çıkıp kazı alanına gittiler. Sezin Hanım ile şoför, kazı evinden ayrılmadan Mehmet hepsine kazı alanını gezdirecekti.

"Burası mitolojide hasta insanlara şifa dağıtan, hekimliğin ve tıp biliminin sağlık tanrısı Asklepios'a adanmış bir Asklepion. Bin sekiz yüz yıl öncesinde ilk kez 'Kutsal Söz' adlı bir kitapta sağlık merkezi olarak söz edilmiş buradan."

"Mehmet abi, Türkçe söylesen de anlasak. Asklepion ne demek?"

"Söylenceye göre tanrı Apollon, oğlu Asklepios'u, yarı at yarı insan olan Kheiron'a emanet etmiş. Kheiron ona okuma-yazma ile birlikte önemli hastalıkların tedavisinde kullanılan ilâçların formüllerini de öğretmiş.

Asklepios'un ünü kısa sürede yayılmış. Onun ölüleri bile dirilttiği söylenirmiş. Zeus buna kızdığı için Asklepios'u öldürtmüş. Halk da Asklepios'un adını yaşatmak için aynı isimle sağlık merkezleri kurmuş. Buralara "Asklepion" adını vermişler. Alyanoi de onlardan biri. Anlayacağınız, Asklepion, sağlık merkezi anlamına gelir."

"Yani bir sağaltım merkezindeyiz, hastalanmaktan korkmayalım arkadaşlar!" dedi Işıl.

"Burası Batı Anadolu'nun en büyük şifa merkeziymiş, insanlar gelip uzun süre kalırlarmış. Hastalıklara iyi gelen sıcak suyu var. Bizans döneminde yerleşim mekânı olarak da kullanılmış."

Sütunlu caddede yürürken, Mehmet gizli geçitten ve yer altındaki galerilerden de söz etti. Anlatırken eskiden burada yaşamış insanların yüzlerini görür gibi olduğu, gülümsemesinden fark ediliyordu.

Cerenimo'nun sesi kendinden önce vardı yanlarına. Birce ile Işıl, Cerenimo'nun havlamasından kaygılandılar. Uzun bacaklı, beyaz tüylü, sırtında kocaman siyah bir lekesi olan uzun kulaklı köpekten ürktüler. Adımları hızlandı.

"Cerenimo yıllardır bizimle. Sakın korkmayın, bir şey yapmaz." diyerek onu okşadı Gilman.

Sevilay da okşamaya niyetlendi; ama köpeğin sivri dişlerini görüp bundan vazgeçti.

Tam o sırada vadiyi tanıdık bir ezgi doldurdu. Birce bir an düşte olduğunu sandı, şaşırmıştı. Mehmet onun şaşkınlığını ayrımsayıp açıklama yaptı:

"Kazı alanında müzik yayını yapıyoruz. Güzel değil mi?"

"Olağanüstü! Bu, Vivaldi..." dedi Aktan.

"Kimin olduğunu nereden bildin?"

"Piyano çalıyorum, hafta sonları klâsik müzik konserlerini kaçırmam!"

Büyülü müziği sessiz sedasız dinlerken birerli ikişerli yürümeye devam ettiler antik yolda.

Birce, Alyanoi'de yaşayan görünmez çocuklarla saklambaç oynadıklarını düşündü. Kendisi de gönüllü ebe olmuştu oyunda. Az sonra saklandıkları yerden çıkacaklardı belki de...

Gün boyu biriktirdikleri güneş ışığıyla sıcacık olmuş antik taşları okşadı, şimdi her yer daha da gizemli görünüyordu gözüne.

"Bakın şu taşa dikkat edin, üstünde tekerlek izi var!" dedi Gilman. Anlaşılan, burayı avucunun içi gibi biliyordu.

O tekerleğin gıcırtısını duyar gibi oldu Birce. Ürperdi. Acaba kimdi sobelenen? Cerenimo, dilini bir karış dışarı çıkarmış, taşı kokluyordu.

"Bu taşın yanında yeşil adamların görüldüğünü ama kimse ile konuşmadıklarını söylüyorlar. Yanlarına yaklaşıldığında hemen yok oluyorlarmış ve hiç kimse izlerini takip edemiyormuş." dedi Gilman.

Kızlar hep bir ağızdan bağırdılar. "Neeee!..."

"Gilman, masallar anlatmaya başladın yine. Yok öyle bir şey. Korkutma çocukları!" dedi Mehmet.

Gilman omzunu silkti.

"Ahmet abi de inanmıyor zaten. Ama köylüler görmüşler işte!"

Mehmet başını salladı, ellerini iki yana açarak söylendi: "Her şeye nasıl da çabucak inanırsınız!"

Sevilay sordu:

"Gilman, sahiden kim görmüş yeşil adamları?"

"Ben ne bileyim, öyle söylüyorlar işte!"

Aktan, elleri kot pantolonunun ceplerinde, gözlerini uzaktaki anıtsal çeşmeye dikmişti.

"O çeşme benim çeşmem!" dedi Mehmet erinçle.

"Nasıl yani?"

"Orayı ben kazdım. Çeşmeyi ben buldum. Roma çağına ait."

Kazı alanından çıkan toprağı taşıyan, eleyen işçileri merhabaladılar. Tam o sırada Arzu, elenmiş topraklar arasından bulduğu sikkeyi torbaya koyuyordu.

"Mehmeeet! Bak ne buldum!"

Heyecanla Arzu'ya seğirttiler. Arzu elinde tuttuğu eski parayı gösterdi.

"Bugün bir şey bulamadım diye canım sıkılıyordu, işte günün sürprizi!"

Çocuklar eski metal parayı ellerine almak istediler. Aslında buluntulara dokunmak yasaktı; ama Arzu torbayı onlara verdi. Çocuklar onun sevincine katıldılar.

Toprak, arkeologlar için pek çok sürpriz barındırıyordu. Her kazma sallayışta insanların, ressamların, yontucuların, mimarların, hatta şairlerin dünyasını biraz daha fazla anlıyorlardı. Bu Bizans sikkesi, dilin anlatamadığını anlatıyordu Arzu'ya.

Cerenimo sanki olanları sezmiş gibi iri siyah gözleriyle Arzu'yu süzdü, sonra onun ayağının dibine kıvrılıp kuyruğunu sallamaya başladı.

Karşıdan, işaretlenmiş taşları el arabasıyla taşıyan, kısa boylu, yanık yüzlü, saçı sakalı birbirine karışmış iki işçi geliyordu. Araba sağa sola yıkıla savrula gidiyordu. İşçilerin üzerindeki kolsuz fanilalar terden vücutlarına yapışmıştı. Nefes nefese kalmışlardı, ikisinin de göğsü kalaycı körüğü gibi inip çıkıyordu.

"Bu işçileri nereden buluyorsunuz? Kazı yapmayı nasıl öğrendiler?" diye sordu Aktan.

"Buraya en yakın köy olan Tırmanlar köyünde yaşıyorlar. Kazı mevsiminde burada çalışırlar. Önceki yıllarda da burada çalıştıklarından çoğu deneyimli zaten." dedi Mehmet.

Işıl birden, "Ayyy..." diye haykırdı. Gözü, yerde pırıl pırıl parlayan bir şeye ilişmişti. Eğilip heyecanla eline aldı. Yeşil ışıltılar yayan bu madde hepsinin ilgisini çekmişti. Dört nala koştu hayalleri; ama bunun basit bir cam parçası olduğunu öğrenmeleri uzun sürmedi.

"Bu iş çok heyecanlı. Ben arkeolog olmaya karar verdim."

"Hoppala! Ne çabuk karar verdin!" dedi Sevilay.

"Aktan haklı! Biter bitmez bir yenisi başlar heyecanımızın. Burada eski ile yeni uygarlıkların arasında tarihin oynadığı 'ben sakladım sen bul' oyununu oynuyoruz. Nereye saklanmış? Ne zaman saklanmış? Bunları araştırmak çok heyecanlı." dedi Mehmet.

Gilman elindeki sazdan değnekle yeri eşeledi, sonra karnından konuşur gibi mırıldandı:

"Ben de burada kazı yapacağım."

"Sen kaça gidiyorsun?"

"Orta üçe geçtim."

"Sizin köyde kızlar liseye giderler mi?"

"Pek gitmezler, göndermezler ki... Köyde iş çooook..."

"Eeee... Sen nasıl gideceksin?"

"Annem bana söz verdi, beni okutacak."

Kazı alanını gezmeye devam ettiler. Birce ve Gilman kollarını birbirlerinin beline dolamışlardı.

DÖRDÜNCÜ BÖLÜM

"Bu masal, okuruna yazılmış bir mektuptur. Geçmiş zamanın insanları çuvaldan giysileri, zengin yürekleriyle diz çöktüler su perisinin önünde. Kralın gözleri kamaştı onun güzelliğinden. En parlak, en kutsal göz onunkilerdi. Hemen, ikizini yaptırdı mermerden. Yer yurt yaptı ona ıssızlığı, dünyanın kalbini.

Saçlarını sulara taratan su perisi derinde alevi besliyor şimdi, habersiz bundan insanoğlu. O, biliyordu ki; insanların yüzleri kolayca görülebilir; ama yürekleri gizlidir.

Sır dolu bu vadi dağlardan, çamlardan, söğütlerden, antik taşlardan ibaret değil. İnsanlığın geleceğini etkileyecek gizemler uyuyor toprağın altında.

Ey okur! Şunu bil ki mevsimsiz, karanlık suların kaynağındaki zindanın sonunda birbirimizi görebileceğiz ve renklere boğulacak yeryüzü.

O zaman bu geceyi hatırlayacaksın. Sen çevrendeki kötülüklere hayır diyebilme gücüne sahipsin. İşler kötüye giderse hatırlayacağın cümle şudur: Gözler iz sürmeli, gördüğünün içine sızabilmeli, rengini bırakmalı baktığına. Uçsuz bucaksız düzlüklerde rastlayınca yüz çevirdiğimiz, tekerlek izleri gibi yol gösterebilmeli.

Gördüğün şey yüzyıllar boyu başkaları tarafından da görüldü; ama iz süremedi onların gözleri. "

Birce ürperdi, omuzlarını kıstı. Birden dışarısının tuhaf yeşil bir ışıkla aydınlandığını ayrımsadı. Parlaklık kazı alanından geliyor gibiydi. Göz ucuyla Işıl'a baktı. Işıl elindeki dergiye dalmış, okuyordu.

Birce, Cerenimo'nun hırlayarak sağa sola koşuşturduğunu duydu. Yatağından yavaşça kalktı, perdeyi araladı, dışarı baktı. Kazı evinin tel kafesli penceresinden kazı alanı görünüyordu.

"Ne oluyor Birce?"

Birce önce kem küm ettiyse de, bir şey söylememeye karar verdi.

"Yok bir şey, sen daha uyumadın mı?"

"Işığı kapatsanız uyuyacağım ama..." diye gönülsüzce konuştu Sevilay.

"Işığı kapatırsak burada korkudan ölürüm." dedi Işıl.

Birce meraklı gözlerle uzakları taradı. Kazı alanı geometrik şekillerle süslü gizemli bir boşluk gibi göründü gözüne. Işık yok olmuş, Cerenimo susmuştu. Gökyüzüne baktı, yıldızları saymaya çalıştı. Kıpırdayan sudaki ışıklar gibi bin yıllardır yanıp sönüyorlardı.

Perdeyi kapatıp pencereden çekildi, yatağına döndü, bağdaş kurup oturdu. İçini çeker gibi derin bir nefes aldı, masalın onun soluğunu kesen satırlarını ikinci kez okudu: *"...yüz çevirdiğimiz tekerlek izleri..."* Bu da rastlantı olamazdı. Okuduğu eski kitapta gerçekten de esrarengiz bir şeyin saklı olduğundan kuşkusu yoktu.

Aklına bir fikir geldi. Sanki birisi komut vermiş gibi sayfaları çevirdi, masalın son satırını okudu: *"Bir masalı okumaya asla sondan başlamamalısın!"*

Korkudan elleriyle gözlerini kapadı. Kıpırtısız kalmıştı.

"Birce! Birce! İyi misin? N'oluyo?" diye haykırdı Sevilay.

Işıl yatağından fırladı, elini Birce'nin buz gibi olan ellerinin üstüne koydu. Birce birden ağlamaya başladı. Onlara bir şeyler söylemek istedi; ama sesi çıkmıyordu. Sevilay kollarını onun boynuna doladı. Sırtına hafif hafif vurarak,

"Neden ağlıyorsun? Aileni mi özledin yoksa?" diye sordu.

Birce gözyaşlarının ardından, kalın bir sisin içinden onlara baktı. Ayak sesleri duyuldu, odanın kapısı açıldı, Arzu girdi.

"Kızlar, ne bu hâliniz? Bir şey mi oldu?"

"Bilmiyoruz Arzu abla, Birce birden ağlamaya başladı, anlayamadık."

Arzu, Birce'nin yatağının kenarına iğreti oturdu. Ne yapacağını bilemiyordu.

"Birce bir yerin mi ağrıyor?"

Birce, hayır anlamında başını salladı.

"Neyin var güzelim? Söylemezsen sana nasıl yardımcı olabiliriz? Haydi gelin biraz dışarıda, kapının önünde oturalım, açılırsınız, sonra da uyuruz."

"Çok iyi olur, hadi kalkın." dedi Işıl.

Arzu, kıpırtısız duran Birce'ye bakarak sözünü yineledi, başıyla dışarıyı işaret etti.

"Hadi gelin, dışarı çıkalım. Size su perisi yontusunu nasıl bulduğumuzu anlatayım. Açılırsınız. Mutfakta sıcak su varsa birer kuşburnu çayı bile içebiliriz."

"Ne! Su perisi mi? O da ne! Nasıl yani? Hadi anlat Arzu abla." diyerek Işıl ayağa kalktı.

"Mehmet size ondan söz etmedi değil mi? Hadi çıkalım da anlatayım." diyerek Birce'yi elinden çekiştirdi.

Masanın üstünde duran el fenerini alıp dışarı çıktılar. Birce durgun durgun bakıyordu, ağlaması kesilmişti. Kısa bir süre gözlerini yumup tekrar açtı. Onları daha önce hiç görmemiş gibiydi, bakışı, soğuk ve etkileyiciydi. "Su perisi" sözcüğü kulaklarında uğulduyordu.

Karanlığın içinde İlya'nın şırıltısı duyuluyordu. Gece, burada ürkütücüydü. Sessizlikte nefes almaya bile çekiniyorlardı. Tüyleri diken diken oldu. Düşünceleri darmadağınıktı. "Tuvaletim geldi." diye fısıldadı Birce.

"Hadi kızlar, alın şu el fenerini, siz tuvalete gidin, ben de mutfağa bakayım, sıcak su var mı diye. Hemen geliyorum."

Sevilay başını salladı; ama hepsinin yüzünde kaygı ifadesi vardı. Sevilay, elindeki fenerin ışığını gidecekleri yöne tuttu. Görünürde kimse yoktu.

Tuvalet, odalarından otuz kırk metre ötede, sık ağaçların yanında, briketten yapılmış basit bir yapıydı. Birden Cerenimo yanlarında bitiverdi. Onları kokladı, tanıdığını belirtmek için kuyruğunu salladı. Kızlar ona güvenmeleri gerektiğini hissettiler.

Sevilay, Cerenimo'nun başını okşadı, "Bizi tuvalete götürür müsün Cerenimo?". Cerenimo her yanı kokluyor, araştırıyordu. Tuvalete giden taş yol, kavis çizerek kemik odasının yanından geçiyordu.

Işıl, arkalarında bir ayak sesi duyar gibi olunca çığlığı bastı; yüreği yerinden fırlayacakmış gibi çarpıyordu. Çığlık geceyi sardı, kazı alanında yankılandı.

Birce ile Sevilay da korkuyla bağrışmaya başlamışlardı. Cerenimo etraflarında dört dönüyor, sanki bir şey anlatmaya çalışıyordu. Islığı andıran bir ses duyuldu. Kızlar oldukları yerde kalakalmışlardı. Sevilay'ın titreyen elinde tuttuğu el fenerinin ışığı tuhaf gölgeler oluşturuyordu. Birce neredeyse korkudan altına kaçıracaktı.

"Kızlar, var mı öyle gece partisi yapmak benden habersiz!"

Aktan'ın sesini duyunca derin bir nefes aldılar.

"Aktan! Sen misin?"

"Hayır, ben değilim. Bu bir teyp kaydı... Notunuz varsa lütfen sinyal sesinden sonra bırakınız!"

Aktan gülmekten yerlere yatıyordu.

"Kırk güne kadar ölürsem sendendir! Ödümüzü kopardın ya!" diye bağırdı Sevilay. Şakacıktan yumruklamaya başladı Aktan'ı. Aktan'ın bu yumruklara itirazı yoktu, aksine gülümsüyordu.

"Korkmayın diye ıslık bile çaldım. Siz de amma ödlekmişsiniz!"

"Tuvalete gidiyoruz."

"İyi de, bana ne?"

"Bizi kapıda bekler misin?"

"Beklerim, ama siz de beni bekleyeceksiniz! Gezegenimize uzaylılar filan inerse gitmesinler, söyleyin geliyorum! Biliyorsunuz kazı alanlarını sık ziyaret ederlermiş."

"Ay çarptı kafana galiba!"

"Güneş çarpmasını duymuştum; ama ay çarpmasını ilk defa duyuyorum."

Kahkahaları İlya'ya karıştı. Tuvalete koşarak gittiler, nefes nefese kalmışlardı.

Döndüklerinde avaz avaz bağırarak konuşuyorlardı. Arzu, elindeki tepsiyle dumanı tüten dört kuşburnu çayı getirdi.

"Çocuklar biraz sessiz olalım. Aaaa!... Sen de mi uyumadın Aktan?"

"Mustafa abi de, Erman abi de uyudular. Ben uyuyamadım. Tuvalete kalktım. Kızları nasıl korkuttum Arzu abla, görmeliydin."

"Topluca bayılıyorduk valla!"

"Yapmayın öyle şeyler birbirinize. Aktan, kuşburnu çayı içer misin?"

"Hiç sevmem! Siz için, keyfinize bakın; ben de sizinle oturabilir miyim?"

"Valla bir düşünelim, biz kız kıza konuşacaktık. Ama neyse, otur bakalım..." diyerek göz kırptı Arzu. Aktan, Sevilay'ın yanına oturdu.

Birce kendini toparlamış görünüyordu. Biraz düşünceliydi. Olanları arkadaşlarına anlatması gerektiğini düşünmeye başlamıştı. Sırrı onlara anlatsa, başkasına söylememeleri için yemin ettirse...

Ya sır saklamayı bilmiyorlarsa? Işıl onun içini okumuştu sanki.

"Sen bizden ne gizliyorsun Birce?"

"Bir şey gizlemiyorum."

"Gizliyorsun!"

Birce sustu, ne diyeceğini bilemedi. Masaldaki tümce geldi aklına: *"İnsanların yüzlerini kolayca görebiliriz, ama yürekleri gizlidir."*

BEŞİNCİ BÖLÜM

Kazı alanında herkes işinde gücündeydi. Birce sol elindeki kitabı okurken, sağ eliyle taşa dokunuyordu. "*...uçsuz bucaksız düzlüklerde rastlayınca yüz çevirdiğimiz tekerlek izi gibi. Gördüğün şey yüzyıllar boyu başkaları tarafından da görüldü; ama iz süremedi onların gözleri.*"

Dikdörtgen antik taş blok, tüm gizemiyle Birce'nin yanı başındaydı. En az iki bin yaşında olan taşın üstünde kocaman bir ünlem işareti gibi duran tekerlek izinin dilini anlamak için neler vermezdi. Tekerlek izi masalda ipucu olarak verilmişti ona, bundan emindi. Coşku uç verdi içinde. Gizemli taşın üstünden geçen kervanı karşıladı...

Gönençli, göz alıcı mı yoksa da acımasız, ya da hüzünlü

bir yolculuk muydu tekerleğinki? Kim bilir ne mutluluklar, ne ağrılar, sızılar, ayrılıklar, umutlar yıkamıştı iki bin yıldır onu... Prensler, prensesler, krallar, kraliçeler, Romalı, Bizanslı çocuklar selâmlayarak kalabalığı, kupa arabasıyla geçmişlerdi belki de bu taşın üstünden. Mutlu bir halk toplanmış, çılgınca alkışlıyordu ünlü yontucunun kentlerine armağan ettiği o muhteşem eseri. Alkışlar dağlarda yankılanıyor, ses büyüyordu gitgide.

Hiç bilmediği bir dilde şarkılar söylemeye başladı Alyanoi sokaklarının çocukları. Sonra, şarkılar garip bir biçimde homurtulara dönüştü. Savaş tamtamları yankılandı vadide. Bir dönem karışıyordu yine tarihe. Ama çocuklar saklanmışlardı gizli geçitlere. Kuru gürültü kol geziyordu vadide.

"O zamanlar yeryüzü daha gürültüsüzdü inan!" Gilman'ın bu sözleri Birce'yi daldığı düşüncelerden ayırdı.

"Ah! Geldiğini fark etmedim. Dalmışım, ne dedin anlamadım?"

"O zamanlar yeryüzü daha gürültüsüzdü, dedim."

Gilman öyle ciddi görünüyordu ki, Birce onun düşünce okuma yeteneği olup olmadığını düşündü bir an.

"Niye söyledin şimdi bunu?"

Gilman bu sözü sıcak bir gülümsemeyle karşıladı.

"İddiasına varım ki, mutlu bir halkın çılgınca alkışlarını duyuyordun." dedi.

"Evet ama... Nereden bildin?"

Gilman güldü. "Ben de duyarım burada o büyülü sesleri..."

Canan Hanımın seramik atölyesi diğer odalara göre genişti. Birce buraya girer girmez büyülendi. Çalışma masasının üstü kırık dökük çanak çömlek parçalarıyla doluydu.

Canan Hanım baykuş başıyla süslenmiş çömleğin yüzlerce yıllık hasarını ustalıkla onarıyordu. Dizlerine dek inen beyaz bir gömlek giymişti. Buluntularla uğraşırken yüzünde sakin, esrarlı bir ifade vardı.

"Özür dilerim, rahatsız ettim." dedi ve bembeyaz dişlerini göstererek gülümsedi Birce.

"Rica ederim, rahatsız olmadım, gelsene Birce. İstersen beni izleyebilirsin."

"Teşekkür ederim."

"Birce, saçların ne zamandan beri bu kadar uzun? Bakımı zor olmuyor mu?"

"Benim saçlarım hep böyle uzun. En çok da sabah okula giderken taraması büyük dert. Aslında kestirmek istiyorum; ama annem, 'Böyle çok güzelsin.' diyor."

"Annen haklı, sana çok yakışıyor! Rengi de çok güzel."

"Küçükken daha sarıydı; ama gittikçe koyulaşıyor. Çok merak ediyorum Canan teyze, bu çanak çömleğin hangi devire ait olduğunu nasıl biliyorsunuz?"

"İnsanların saç rengi, ten rengi, bazı temel özellikleri bize nasıl hangi ırktan oldukları hakkında fikir verirse, buluntularda da aynı yöntemi izleriz. Belki sen göremiyorsun ama, onun da ten rengi, biçimi, üstündeki şekiller, yapıldığı malzeme bize pek çok fikir veriyor. Çok daha kapsamlı çalışmalar için laboratuara gitmesi gerek tabii. Örneğin elimdeki çanağın Romalı bir ustanın işi olduğu besbelli."

"Bu çanağı, mutfaklarında mı kullanıyorlarmış?"

"Pek çoğunun yapılış nedenini kesin olarak bilemeyiz, ancak tahmin edebiliriz. Ama elimden geçen her parçanın neden yapıldığını, nasıl bir yerde işlendiğini, ona ruh üfleyen ustayı merak ederim."

"Yani, öyküsünü merak edersiniz. Biliyor musunuz, ben de buraya geldiğimden beri her taşın öyküsünü merak etmeye başladım. Öyle çok soru soruyorum ki sıkılacaksınız."

"Sıkılmak da ne demek, olur mu hiç öyle şey. Merak, bilimin ikiz kardeşidir. Merak etmesek neyi öğrenebilirdik ki?"

Canan Hanım, Birce'nin gösterdiği ilgiden mutlu olmuş, yüzü aydınlanmıştı. Birce, gözlerini masadaki büyüteçten ayırmıyordu.

"Şeyy... Aslında ben, büyüteci alabilir miyim diye sormaya gelmiştim."

"Büyüteç sende istediğin kadar kalabilir, bende bir tane daha var!"

***

Birce, Gilman'da farklı bir yan bulmuş, bilemediği bir dünyaya, farklı bir zamana geçmek için onunla kitabın sırrını paylaşması gerektiğini duyumsamıştı.

Gilman, Birce'nin okuduğu satırları bakışlarını uzaklara

dikerek dinlemiş, alçak sesle,

"Birce, lütfen bu masaldan kimseye söz etme. Bizimle alay ederler sonra... Ama tek bildiğim var, bu masal Alyanoi'nin sır pelerinini aralıyor." demişti. Bu söz Birce'nin ona duyduğu güveni pekiştirmişti.

Taştaki tekerlek izine büyüteçle bakma fikri Gilman'dan çıkmıştı. Birbirlerine ardı arkası kesilmeyen sorular sordular, masalda anlatılanları enine boyuna tartıştılar. Daha çok kafa karıştırmak yerine, bir yerden işe başlamak gerektiğine karar verdiklerinde hınzırlık, heyecan ve coşkuyla doluydu yürekleri.

Bir o yana bir bu yana gidip gelen işçilerin sesi belli belirsiz duyuluyordu. Aktan ve Sevilay, Mehmet'in yanındaydı.

Gilman'la Birce, taşın her yanını büyüteçle bile incelemiş, hiçbir şey görememişlerdi.

"Tuhaf değil mi? *'Yüz çevirdiğimiz tekerlek izleri...'* diye yazmıyor muydu masalda? Yüz çevirmedik; ama bir şey de bulamadık."

Bir süre konuşmadan oturdular taşın yanıbaşında. Gök kuşağının renklerini taşıyan bir kelebek, kanat çırpıyordu çevrelerinde.

"Kızlar çanı duymadınız galiba, beş çayı hazırmış. Gelsenize!" diye seslendi Mehmet.

Birce kibar bir ses tonuyla,

"Biz gelmesek, burada otursak olur mu?" diye sordu.

Mehmet kalın kaşlarını çatarak,

"Kaç saattir çene çalıyorsunuz. Aktan'la, Sevilay ne işler yaptılar, bir görseniz..." dedi.

Sonra, yumuşamış bir tavırla, "Hadi gelin, çay içelim." diye yineledi.

Uzaktan tiz bir ıslık duyuldu. Arzu, gelmeleri için eliyle, koluyla işaretler yapıyordu.

"Şeyyy... Biz gelmeyeceğiz Mehmet abi!"

"Anlaşılan önemli bir toplantı var burada." diyerek gülümsedi ve uzaklaştı Mehmet.

"Her şey bu taşta yatıyor ve biz göremiyoruz!"

"Heyy... Aklıma ne geldi, acaba bu taşı kaldırsak altında gizli bir kapı filân olabilir mi?"

"Nasıl kaldırırız ikimiz?"

"Dur bak, nasıl olacak!"

Gilman, gözüne kestirdiği işçilerden birine seslendi:

"Şeyyy... Bakar mısın bir dakika?"

Adam hafifçe öksürdü, keçeye benzeyen saçlarını kaşıdı. Duymamış gibi yaparak uzaklaştı.

"Bende kabahat, bu adamı gözüm hiç tutmaz zaten!"

"Baksana, aklından çok kaslarını çalıştırmış gibi görünüyor."

İkisi de kıkırdayarak gülüştüler.

"Adı ne, sizin köyden mi?"

"Selo diye çağırırlar onu. Köyden değil, kazı mevsimlerinde gelir buraya. Nereli olduğunu bilmiyorum. Kimseyle konuşmaz."

"Bak, bak. Şu gelene soralım mı?"

"Davut amcaaa... Bi bakar mısın?"

İri yarı, ay yüzlü, ak saçlı adam onlara yaklaştı.

"Ne var?"

"Bi gel, n'olur..."

"Söyle afacan!"

"Bak şimdi, konuğumuz bu taşın altını görmek istiyor. El atıversen de çevirsek."

"Delirdin mi kız, hiçbir şey ellenmez burada!"

"Bi görelim, sonra eski hâline getireceğiz, valla. Hem... Ahmet abi de, 'Bakabilirsiniz.' demişti."

"Ne! Ahmet Bey mi? Dünyada inanmam!"

Gilman çenesini hafifçe dikleştirerek konuştu:

"İnanmazsan git, sor. 'Davut amca taşı çevirmedi, Birce de ödevi için fotoğraf çekemedi.' derim Ahmet abiye."

"Ödev mi yapıyor bu çocuklar burada?"

"Ne sandın ya, bizler de onlara yardım edeceğiz."

Çocukların doğru söyleyip söylemediğini anlamak için bir bakış fırlattı.

"Ahmet Beyin haberi varsa tamamdır! Tutun taşı iki yanından, ben bırakın demeden bırakmayın." dedi. Birce ile Gilman bakıştılar.

Taşın altından, sanki pusuda bekliyormuş gibi, sapsarı bir kırkayak fırlayınca Birce çığlığı bastı. Kocaman açılmış gözlerle geriye doğru çekildi. Kelimenin tam anlamıyla ödü kopmuştu. Her şeye rağmen Gilman taşı bırakmamış, Davut amcayla birlikte çevirmeyi başarmıştı.

Eksik dişlerini göstere göstere sırıttı Davut.

"Kırkayak senden korktu, neye uğradığını şaşırdı, kendini korumak için nasıl da hızla kaçtı. Onun da hayatta kalması gerek!"

"Çok korktum! İğrenç yaratık!"

"Alışırsın evlât! Yılan bile görsen korkma!"

"Neeee!... Yılan var mı burada?"

Davut, Birce'yi yanıtlamadan dönüp gitti.

Birce yüzünü buruşturdu.

"Gilman, sahiden de yılan var mı buralarda?"

"Var tabii, hem de çoook. Ama zarar vermezsen onlar da sana zarar vermez."

"Nasıl da rahatça söylüyorsun böyle. Köylülerin bu taşın çevresinde gördüğü yeşil adamlar yılan gibi bir şey olmasın sakın!"

Gilman ayakkabısının burnuyla toprağın orasını burasını eşeledi, boşu boşuna aranıp taranıyordu. Ses tonunu alçalttı:

"Taşın altında gizli kapıya benzer bir şey var mı, diye bakıyorum."

Birce hayal kırıklığına uğramış, kızmaya ve bu oyundan sıkılmaya başlamıştı.

"Uff... Yok işte! Belki de bilmecenin yanıtını yanlış yerde arıyoruz. Boş ver, gel Sevilay'ın yanına gidelim."

Gilman içten bir ses tonuyla,

"Vazgeçiş zayıflar içindir. Adım atmaktan korkma! Tüm masallarda üç şans verirler insana. Biz daha iki şansımızı kullandık. Taşın üstünü inceledik, altındaki toprağa baktık. Başka neresi kalmış olabilir? Neresi? Hımmm..."

Birden sevinip parmağını şaklattı Gilman, yaptığı zekice buluştan memnun görünüyordu.

"Buldum! Taşın alt yüzeyini incelemedik! İşte üçüncü şansımız."

"Ya işe yaramazsa? Zaten yalan söyledik, ya şimdi Ahmet Bey gelirse..."

"Gelirse bana bırak, uydururum bir şeyler. 'Davut amca yanlış anlamış, özür dileriz.' derim."

"Ya çok kızarsa?"

"Denemek zorundayız!"

Gilman'ın kararlılığı Birce'ye güç vermişti. Üstünden bir yük kalkmış gibi oldu.

Taşın yanında diz çöktü, bir an taştan ekşi bir koku yayılıyor gibi geldi. Hava öylesine sıcaktı ki ter içinde kalmıştı, kokunun kendinden geldiğini fark edince utandı. Bu gece banyo yapmalıydı. Ama burada banyo yoktu ki...

"Gilman, buradakiler nasıl banyo yapar?"

"Tuvaletin yanında yıkanma yeri var. Ben köydeki eve gidip yıkanıyorum."

"Yani duşakabin filan yok mu?"

"Neye kabin?"

"Neyse boş ver..."

Büyüteci eline alıp taşı yakından incelemeye başladı. Birden, gözleri taşın kenarındaki yıldız şekline ilişti.

"Birce, çabuk sen de bak. Burada şekiller var!"

Merakları arttı; ama olanları anlamaktan hâlâ çok uzaktılar.

ALTINCI BÖLÜM

İşaretlerin çoğu aşınmış ve silinmişti. Birbirinden ayrı dokuz işaret vardı. Birce bunları kâğıda aktardıktan sonra soluğu yemekhanede aldılar. Pülmüz teyzeden başka kimse yoktu. Herkes işine dönmüştü.

"Ne yapıyorsunuz bakayım, neden gelip pizza yemediniz?"

Gilman gür, kıvırcık saçlarını yeniden at kuyruğu yaparken dişlerinin arasına sıkıştırdığı tokayı düşürmemeye çalışarak konuştu:

"Anne, canımız istemedi. Birce'yi gezdiriyordum. İşte şimdi geldik."

"Geldiniz ama geç kaldınız, pizza kalmadı, bilesiniz!"

Birce ve Gilman'ın gözleri hiçbir şeyi görecek gibi değildi zaten. Masaya oturdular. Bir yana masal kitabını, bir yana şekilleri çizdikleri kâğıdı açtılar. Birileri taşın üstüne bunları yaparken gizli bir şifre mi kullanmıştı?

Birce çatılmış kaşları ile tüm dikkatini işaretlere vermişti.

"Belki de bunlar sıradan işaretlerdir Gilman." dedi ciddiyetle.

"Hiç sanmam! Öyle olsa masal kitabında tekerlek izinin işi ne?"

Çardağın tepesinden sarkan sarmaşığın mor çiçeklerini ve çiçeklerin üstünde uçuşan minik kuşu seyrettiler bir süre. Sessizliği Gilman bozdu. Gözlerini işaretlere dikti.

"Bu işaretlerin bir yazı olup olmadığını Ahmet abiye soralım."

"Nereden buldunuz diye sorarsa ne söyleriz?"

"Doğruyu söyleriz."

"Hayır! Masaldan kimseye söz edemeyiz."

"Ona masaldan söz eden kim! Taşın arkasını çok merak ettik, çevirdik, bu işaretleri bulduk, deriz."

Ahmet Beyin geldiğini görünce telâşlandılar. Sanki konuşmalarını duymuş gibiydi.

"Neler yapıyorsunuz burada?"

Birce dudaklarını ısırdı. Duraksadı, sonra cesaretini toplayıp sordu:

"Şeyyy... Bir şey soracaktık size."

"Şu işaretlerin ne anlama geldiğini çözmeye çalışıyoruz da..."

Ahmet Bey, işaretlere göz atınca gülümsedi.

"Bizim tekerlek izinin olduğu taşın arkasındaki işaretler bunlar." dedi.

Kızlar şaşırmışlardı:

"Siz nereden biliyorsunuz?"

Ahmet Bey gülümsedi:

"İzin verin de bileyim o kadarını çocuklar. Ya siz nereden biliyorsunuz işaretleri? Taşı çevirip altına baktınız herhâlde."

"Evet." dedi Birce.

Yavaşça Gilman'ın sırtına dokundu Ahmet Bey:

"İzinsiz çevirmemeniz gerekirdi. Gilman, senin bunu bilmen gerek. Kazı alanında tek taşa bile dokunmamalıyız."

"Özür dileriz, bir daha olmayacak. Ne olur bu yazının anlamını söyler misiniz? Ne diyor?" diye üsteledi Birce

Yazıya uzun uzun bakıp başını salladı Ahmet Bey.

"Bu yazı Grek alfabesi ile yazılmış, çoğu silindiği için anlamı yok. Ama bu yazıyı bugünün harflerine çevirerek söyleyeyim size: S,C,L,S,M,Y,N,L,D."

Birce, Ahmet Beyin söylediği harfleri yazmıştı. Gerçekten de, anlamı olmayan bir söz çıkmıştı ortaya.

"Kesin olan bir şey var. Eğer silinmeselerdi mutlaka anlamı vardı bu harflerin çocuklar. Aslında aynı harfler Roma hamamındaki mermer kaidelerden birinde de var. Görüyorsunuz, tarihin bize yazdığı mektupları okumak öyle kolay değil! Ben işime bakmaya gidiyorum çocuklar. Lütfen kazı alanında bir daha hiçbir şeyin yerini ve duruşunu değiştirmeyin!"

Pülmüz teyze, Ahmet beyin söylediklerini duymuş, içerlemişti.

"Aşk olsun Gilman. Bu lafı da söylettin ya! Bu yaştan sonra yaramazlığa başladın öyle mi? Ahmet Beye mahcup oldum vallahi."

"Üzülme anne, bi şeycik yapmadık!"

"Benim yüzümden..." diye iç çekti Birce. Harfleri, kaçırdıkları bir ipucunu yakalamayı umarak yeniden okudu. Geçmişin kendileriyle böyle bir bağlantı yapmış olmasının nedenini bulmaya çalıştı. Eğer bunlar çözülebilecek yazılar olsa, buradaki arkeologlar çoktan çözerlerdi. Birce gözlerini kapayarak içini çekti. Hızla yerinden kalktı.

"Gilman, dün gece Arzu abla bize su perisinden söz etti, o nerede şimdi?"

"Şimdi göremezsin, çünkü onu Bergama Müzesi'nde sergiliyorlar. Belki bir gün gideriz ona."

Gilman'ın gözlerinin sulandığını ayrımsadı Birce. Elini Gilman'ın elinin üstüne koydu. İçinde soru barındıran bir sesle,

"Onun gerçek evi burası." dedi.

Gilman ona bakakaldı. Yanaklarından aşağı iki damla gözyaşı süzüldü.

"Onu toprağın altından nasıl çıkardıklarını, her yanına dolmuş çamurları nasıl temizlediklerini, bin sekiz yüz yıllık uykusundan nasıl uyandığını bir görseydin... Geceler boyu başını bekledi bizimkiler, bir şey olur diye korktular. Temizlenmesi hayli zaman aldı. Buradan giderken hepimiz ağladık. Çıkarıldığı yerde hâlâ sesi yankılanıyor sanki. Gözleri canlı gibi pırıldıyordu. Kusursuz bir yüzü vardı."

Pülmüz teyze söze karıştı:

"Aslında buradaki her taşta, bulunan her kemikte, her çanakta birilerinin sesi yankılanıyor: 'Biz buralardaydık. Güldük, ağladık, sevindik, korktuk, yaşadık, öldük.' diyorlar."

Pülmüz teyze oradan söz ederken hep şimdiki zamanla konuşuyordu. Onun için kazı alanındaki uygarlıklar hâlâ capcanlı yaşıyor gibiydi.

"Aslında, müzeleri gezerken gördüğümüz eserleri binlerce yıl önce yaratanları düşünüyoruz da, bugün çok daha fazla emek harcayıp onları bize kazandıranlar aklımıza gelmiyor."

"Haklısın Birce!"

"Neden su perisi demişler peki?"

"Herhalde kucağında kocaman bir istiridye tuttuğu için..."

"Gilman, gel masalın su perisi ile ilgili bölümünü bir daha okuyalım."

***

Akşam hepsi kazıdan yorgun argın dönmüşlerdi. Arzu, Sibel ve Doğu yere çöküp son gayretleriyle bir şeyleri yıkıyorlardı. Işıl, Cerenimo'nun tüylerini ilk kez okşuyordu.

"Arzu abla kolay gelsin, ne yapıyorsunuz?"

"Bugünün buluntusu kap kacakları temizliyoruz."

"Sonra ne olacak bunlar?"

"Kurutulacak, gruplanacak, birleştirilmek için sıralarını bekleyecekler. Çizimleri yapılacak."

"Çizim olmasa ne olur? Yalnızca fotoğraflarını çekseniz?"

"Olur mu hiç, çizimlerini yapmak zorundayız."

Hava kararmaya başlamış, mis gibi hayıt kokusu vadiyi sarmıştı. Akşam sofrasını hazırlama görevi Mehmet'indi. Aktan da ona yardım ediyordu. Burada yaşam oldukça zordu. İş hiç bitmiyordu.

Çorbalarını içerken kaşık seslerine kendi sesleri de karışıyordu.

"Birce bütün gün nerelerdeydin?"

"Gilman'la dolaştık, buluntulara baktık, kırkayak gördük...Ya siz ne yaptınız?"

"Arzu abla yine sikkeler buldu, biz de ona yardım ettik. Bu konuda epeyce bilgimiz oldu."

"Eski metal paralar işte... Ne işe yararlar ki, çarşıya çıksan bir şey alamazsın!"

Aktan'ın bu sözü hepsini güldürdü. Canan Hanım çocuklara açıklama yaptı:

"Sikkeler tarihsel kişilerin resimleri konusunda önemli kaynaklardır. Birçok tarihsel kişiliğin yüzlerini bu sikkeler aracılığıyla biliriz. Sikkelerde ayrıca devletle ilgili bilgiler, şehir adları yer alır."

Arzu onun sözlerine ekleme yaptı:

"Aynı zamanda devlet şeklini, bölgesini bildirir, hatta onların incelenmesinden sayısız tarihi olaylar ve gerçekler ortaya çıkar. Ortadan kalkmış şehirlerin isimlerini, kaybolmuş bir heykeli, yıkılmış bir binayı, o zaman var olan ancak bugün yetişmeyen bir bitkiyi, sikkelerdeki tasvirler sayesinde öğrenebiliriz."

"Arkadaşlar, siz de çocukları kazı bilim öğrencisi sandınız. Yeter artık. Canları sıkılacak." dedi Mehmet.

Birce ve Gilman'ın kafaları gizemli işaretlerdeydi. Masala bu gece devam edemeyeceklerini biliyorlardı.

Birce, Gilman'a söz vermişti, masalı yalnızken okumayacaktı. O gece uykuları çok çabuk geldi. Odalarına erken gittiler. Sevilay'ın midesi bulanıyordu zaten. Hemen yatıp uyuyakaldı. Işıl'ın yüzünde sıcaktan onlarca minik sivilce çıkmıştı. Yatmadan önce yüzüne diş macunu sürdü.

"Bu macun ne işe yarıyor?"

"Sivilcelerime iyi geliyor, kurutuyor Arzu abla. İstersen sen de dene!"

"Denemekten ne zarar gelir ki?" deyip Arzu da sürdü.

Birce, uyku ile kol kola, şifreler diyarına dalmıştı.

Sevilay gece yarısı gözlerini açtığında, midesi bulanıyordu. Oda çok karanlıktı. Hiçbir şeyi seçemiyordu. Bulantıyla yavaşça kalktı, el yordamıyla elektrik düğmesinin yerini bulmaya çalıştı. Ama ne aşağıda ne yukarıda bulabildi. Başı dönüyor, midesi bulanıyordu. Yatağının kenarını izleyerek ilerlerken, iki elini karanlık bir tünelde yürüyormuş gibi ileriye uzatmıştı.

Tam o sırada Arzu uyandı. Baş ucunda duran el fenerini yaktı. Sevilay ani bir sıçrayışla ciyak ciyak bağırmaya başladı. Sanki güçlükle nefes alıyor gibiydi. Arzu bakışlarını ona dikmiş, el fenerini çenesine dayamış, donup kalmıştı. Sevilay odada sağa sola çarpıyor, keçi gibi zıplıyor, kapıyı arıyordu.

Işıl da uyanıp yatağında doğruldu. Sevilay onu görünce dehşet içinde sesini iyice yükseltti. Sanki mezar açılmış, içinden bembeyaz yüzler fırlamıştı. Uyku sersemliğiyle, olup biteni hiç biri anlayamıyordu.

Birce de gürültüye uyanmış, yanı başındaki elektrik düğmesine uzanmıştı.

Tüm bunlar olup biterken dışarıda da hareketlilik başladı. Çığlıkları duyan herkes fırlamış, sesin geldiği odayı anlamaya çalışıyordu.

Birce ışığı yaktığında Sevilay titriyordu. Canan Hanım eşofmanının üstüne bir hırka geçirmiş kapıyı çalıyordu. Işıl kapıyı açtı.

"Ne oluyor çocuklar? Böcek mi gördünüz yoksa?"

"Hayır, biz bir şey anlayamadık, Sevilay bağırmaya başladı birden."

Sevilay kimseye bir şey söylemeden doğru dışarı koşmuş midesinde ne varsa oracığa çıkartmıştı. Erkekler kapının girişinde toplanmışlardı. Herkesin kafası karışmıştı. Sevilay'ı sakinleştirip oturttular.

Sevilay kendine gelince, yaşadıklarını anlattı. Midesi bulanıp kalkmış, karşısında birden, el fenerinin ışığında, Arzu'nun diş macunu sürülmüş bembeyaz yüzünü görünce yüreği ağzına gelmiş, odaya hayalet geldiğini sanmıştı. İkinci hayalet Işıl da beyaz bir yüzle yataktan kalkınca iyice korkmuş, ne yapacağını bilememişti. Sonrasını pek hatırlamıyordu zaten!

"Hepinizden özür dilerim." dedi Sevilay üzgün bir sesle.

"Asıl biz senden özür dileriz, seni korkuttuk." dedi Arzu.

Işıl'la birlikte yüzlerini yıkamaya gittiler.

Canan Hanım, Sevilay'a nane limon kaynatıp getirdi. Yanına oturup ona sarıldı, sakinleştirmeye çalıştı. Sevilay'ın soluk dudaklarına biraz renk gelmişti. Bir süre sessiz kaldıktan sonra başını yerden kaldırmadan,

"Yarın eve dönmek istiyorum Canan abla!" dedi.

"Şimdi sinirlerin bozuk. Uyuyup iyi olacaksın. Yarın olsun konuşuruz."

Ilık yaz rüzgârı kayaları bile yastık yapacak denli yumuşaktı.

YEDİNCİ BÖLÜM

"Su Perisi'nin derin bakışları ateşli suyu karıştırdı. O bakışlarda yanıtını kimsenin bilmediği sorular vardı. Gamzelerini çağıran gülümsemesi Su Perisi'nin yüzünde dondu.

Kökleri insanlıktan daha eskiye dayanan ateş, pençeleriyle halkalar çizerek büyük bir hızla geliyordu.

Toprak çalkalanmaya başlamıştı. Kucağındaki midyeyi ağzından ateş kusana uzattı Su Perisi. Güney ve Kuzey, göz açıp kapayana kadar sakinleşti. Dünya kendini toparlayıncaya kadar bekledi, sustu. Hiçbir canlı kıpırdamadı. Ateşli su, bu topraklarda yaşasın diye ona kristallerinin enerjisinden yükledi Su Perisi. Ateşli su, güneş girmeyen odalarda oynaşırken şifa dağıtıyordu artık.

Su Perisi insanoğlunun açgözlülüğünü unutmuştu. Kuzey'i ve Güney'i koruyabilecek tek şeyin ne olduğunu biliyordu.

İnsanoğlu, günün birinde Su Perisi'nin dünyanın merkezine uzanan köklerini yerinden oynatırsa, şifa dağıtan ateş, alevler kusacaktı yine. İç denizler diğerlerine karışıverecekti.

Ey okur! Karanlıklar içinde gizlenmiş bir güç var. Güney ve Kuzey Kutuplarını ters döndürebilecek, insanlığın geleceğini etkileyecek bir kuvvet.

Su Perisi, gök kuşağı içinde sessiz uyurken üstüne gölgeler düşmemeli. Gölgelerle başka gölgeler uğraşabilir ancak. Kilitli kapıları açarken yanından ayırma beni!

İzleri sürebilen gözler, aynada görecektir Dolunay Masalcısı'nın ipucunu. Yuvasına git ve kurtar Su Perisi'nin ikizini. Bir kâğıdın ön yüzünden arkasına olan uzaklık kadar aranız."

Öğlene kadar kazı alanında Arzu'ya yardım etmiş, öğleden sonra İlya'nın kenarına oturup masalı birçok kez okumuşlardı.

"Biliyor musun, şimdi aklıma geldi. Süt ninem çok masal anlatır. En çok da dolunaylı gecelerde. Ona köyde bazıları 'Dolunay Masalcısı' der."

Birce, İlya'nın parıldayan ince kumuna diktiği bakışlarını Gilman'a kaydırdı.

"Bu da tuhaf değil mi? Raslantı mı yoksa?" dedi. Ağzı kurumuştu, yutkundu.

"Çok tuhaf!" diye yineledi.

Gilman:

"Gel." dedi titreyen sesiyle. "Çabuk ol, harfleri yazdığımız kağıdı bulalım."

Sözleri kazı alanını dolaşıp geldi yanlarına.

"Şşşşt... O kadar yüksek sesle konuşma!"

Ayaklarını İlya'nın buz gibi sularından çıkarıp ayakkabılarını giydiler. Koşar adımlarla kazı evine doğru çıktılar. Çalıların dikenleri bacaklarını çizmişti.

Ahmet Bey kemik odasından geliyordu.

"Gilman, annen seni arıyordu." diye seslendi.

Kuşku uyandırmamak için,

"Biz de anneme gidiyorduk." dedi Gilman.

Önce odaya gidip işaretlerin yazılı olduğu kâğıdı aldılar, sonra Pülmüz'ün yanına gittiler. İkisini de tepeden tırnağa süzen Pülmüz sordu:

"Sabahtan beri neredesin kız Gilman? Hiç yardım etmedin yemeğe. Kızayım mı şimdi sana?"

"Kızma, kızma geldim..." dedi Gilman.

Birce masanın üstünde ikiye katlanmış duran gazeteyi gördü. Eline alıp bakınca, ilk sayfadaki büyük siyah başlık dikkatini çekti: "*Kuzey ve Güney Yarım Küreler için manyetik tehlike!*" Başlığın altındaki genişletilmiş haberi okuyunca gözleri şaşkınlıktan faltaşı gibi açıldı.

***

Masanın üstünde çay bardakları duruyordu. Gece serindi. Ormanın hoş kokusu her yanı sarmıştı. Börtü böceğin sesi dışında ses duyulmuyordu.

"Neden herkes durgunlaştı?" diye sordu Canan Hanım.

Aktan fısıldar gibi konuştu: "Sevilay..."

Aktan'ın sesinde bir tutukluk vardı. Onun Sevilay'a olan ilgisini o ana kadar ayrımsamamış olanlar bile şimdi anlamışlardı.

"Aslında annesinden ayrılmak zor geldi ona." dedi Arzu.

"Yok canım daha neler, kocaman kız. Hastalandı da ondan gitmek istedi." dedi Canan Hanım.

Sevilay'ın midesi bulanmaya devam etmişti. Ahmet Bey onu önce Bergama'ya sağlık ocağına, sonra da İzmir'e götürüp bırakmak zorunda kalmıştı. Önemli bir şeyi yoktu, güneşte fazla kaldığını söylemişti doktor.

Doğu, boş bardakları yemekhaneye götürürken,

"Ben de buraya geldiğimde ilk günleri hasta geçirmiştim." dedi.

"Gece boyunca uyanık kalmasaydı belki de iyileşirdi." dedi Birce.

"Çocuklar, sizler alışık değilsiniz buradaki şartlara. Her zaman bizlerle olmak yerine odalarınızda dinlenebilir, dağda yürüyüşe çıkabilirsiniz. Ama nereye gittiğinizi bize söylemek şartıyla! Yemek çanının duyulabileceği kadar uzağa gidebilirsiniz. Daha uzağa değil! Şapkalarınızı takmayı da unutmayın sakın!" dedi Canan Hanım.

Birce ile Gilman öğlenden beri yalnız kalamadıklarından, konuşamamışlardı.

SEKİZİNCİ BÖLÜM

Seine Nehri'ne bakan Montebello caddesindeki karanlık, rutubetli çatı katında, İbrahim, Mısırlı Necip ve Mısırlı Reşat, Paris'teki sahaftan buldukları el yazmasını masanın üstüne koymuş dikkatle inceliyorlardı.

Kırklı yaşlarda görünen Necip, çalışma masasının yanında, ayakta duruyordu. Solunda ondan en az on yaş küçük görünen İbrahim vardı. İbrahim, lüks bir otelin buluşma salonuna gelir gibi, şık giyinmişti. Boynunda bir fular, gözünde güneş gözlüğü vardı. Tutuk, çekingen, içine kapanık görünen Necip, üstündeki yıpranmış kazak, bej yağmurluk, iki günlük sakalla, jeofizik mühendisine pek de benzemiyordu.

Reşat o evin sahibi olmasına karşın, üstünde uzun siyah

bir pardesü vardı. Odanın ortasındaki siyah deriden döner koltukta oturuyordu. Yanağındaki eski yara izi, ince esmer yüzüne daha da sinsi bir ifade veriyordu.

"Ya el yazması bizi yanıltıyorsa?" dedi tok bir sesle.

"Biz, sahip olduğumuz bilgiler sayesinde, tarihi değiştireceğiz. Her şeyden önce yaptığımız işe kendimizin inanması gerekir." dedi İbrahim.

"Ne ima ettiğini anladım, bunlar bana vız gelir. Yaptığım işe inanırım; ama önce para!" dedi Reşat kırık dökük İngilizcesiyle. İçlerinde en genci oydu.

Yanıt vermeden uzun uzun düşündü İbrahim. Reşat ile ilgili ikircimi vardı; ama paylaşmak istemiyordu.

Perdesiz pencereden baktığında sisler içindeki Notre Dame Kilisesi'nin çan kulesini gördü. Paris'in yüreğinde gezinen, tarihin tanığı Seine nehri, yüzyıllardır süren yorgunluğuna inat, kaynağından az önce çıkmış genç bir ırmak hevesiyle akıyordu kentin koynunda. Nehrin üzerinde gezinen teknelerden Paris'i seyreden yüzlerce insan, bin öykü daha yüklüyordu rüzgâra.

Eğilip caddeye baktı. İbrahim. Arnavut kaldırımlarını, işlemeli döküm sokak lambalarını, yoldan akan araba selini seyretti.

Çantasından çıkardığı rulo hâlindeki yıpranmış kâğıtların lâstiğini çekip aldı. Masanın üstüne attı. Kendinden emin görünmeye çalışarak,

"Uzun araştırmalar yapıp pek çok bilgi topladık. El yazmalarından çıkardığımız sonuçlarla yarın Türkiye'ye gidiyoruz!" dedi.

Reşat koltuktan kalktı, dışarıdan gelen seslere kulak kabarttı. Kapının sürgülü olup olmadığını kontrol etti. Birilerinin gelmesi durumunda ne yapacaklarının plânını yapmamışlardı aslında.

"Yirmi yıllık meslek deneyimim sırasında pek çok tehlikeyi göze almışımdır; ama bilgi sızdıranları da yaşatmamışımdır! Basına bunu sızdıranı bir bilsem!" dedi Reşat.

Üstü kapalı tehdit İbrahim'in hoşuna gitmemekle beraber, kocaman elini Reşat'a uzatıp onun sırtını sıvazladı.

"Gazetelerdeki bilgiler yarım, hiçbir işe yaramaz, korkma ahbap! Bize birer kahve yapsan da Necip ayrıntıları bir kez daha aktarsa."

Reşat, evet anlamında başını salladı. Pardesüsünü çıkarıp köşedeki ahşap sandalyeye fırlattı, leke içindeki gömleğinin kollarını kıvırdı. Su ısıtmaya gitti. Merdivenden hızla çıkan birinin adımları duyuldu. Apartman lâmbasının açıldığını haber veren bir ses geldi. Ayak sesleri kesildi. Kapı çalındı.

Reşat yavaşça kapıya yaklaşıp kapı dürbününden baktı. Merak etmelerine gerek olmadığını belirtmek istercesine elini hareket ettirdi.

"Sonunda!" dedi buz gibi bir sesle. "Hani bir saat önce gelecektin?"

Ziyaretçi kesik kesik nefes alıyordu.

Reşat pizzasını kapı aralığından alıp kapıyı kapattı.

İbrahim sert bakışlarla süzdü Reşat'ı.

"Böyle dikkatsiz davranırsan hapı yutarız sayende!"

Reşat sırıttı. Yumruklarını sıktı.

"Evime gelip beni tehdit etme! Herkes pizza ısmarlayabilir, bunun suç olduğunu bilmiyordum. Karnım aç! İsteyen var mı?"

Yanıt alamayınca omuzlarını silkip mutfağa gitti.

Necip eline kalemini alıp belgelere dikkatle baktı.

"Her şeyi baştan gözden geçirelim şimdi." dedi.

El yazmasını incelemeye koyuldu.

"Bu haritaya göre dünyanın elektromanyetik alanını düzenleyen dört büyük kristal, dört ayrı bölgede yer alıyor. Bunların biri Türkiye'de, diğer üçü okyanuslarda görülüyor. Evet, şu anda ulaşabileceğimiz tek kristal Türkiye'de."

İbrahim küçümseyen ses tonuyla, övünür gibi konuştu:

"Mısır, Arabistan Yarımadası, Ege Denizi sahilleri, Yunanistan ve İtalya'da yetmiş noktada yaptığımız manyetik ölçümler de bunu gösteriyordu zaten.

Araziler üzerinde çok sayıda kayaç örneği almakla başladığımız çalışmanın test sonuçlarıyla, bu harita hemen hemen aynı sonuca varıyor. Türkiye'de mıknatıslanma belirlenen alan hakkında Mısır'daki üyelere bilgi iletmiştik. Biliyorsunuz, ben bu projenin ikinci patronuyum. Asıl patronu benden başkası tanımaz zaten!"

Necip aralarında Sanskritçe okuyabilen tek kişiydi. Haritanın altındaki yazıları onlara okumazsa dürüst davranmamış olacaktı. Aldığı derin nefesi gürültüyle bırakarak konuştu:

"Eğer patrona bunu ilettiysen, haritanın altındaki şu bilgiyi de vermelisin İbrahim."

Reşat, dumanı tüten kahve fincanları ile geldi. Aralarına zeytin artıkları kaçmış çarpık çurpuk dişlerini göstererek sırıttı.

Necip, haritanın altındaki Sanskritçe metni okumaya başladı:

"Haritada işaretli kristallerin manyetik aşırı yüklenmesi sonucu elektromanyetik fırtınalar oluşur. Bu fırtınaların içinde kalan canlılar garip bir yolculuğa çıkarlar. Atmosferde kalamadıklarından, uzay zaman boşluğunda sürüklenip kaybolurlar.

Kristalin şifresini bilmezsen, kaybolacak nesne sen olursun! Şifre kırmızı kapaklı kitapta!"

"Bu da ne demek şimdi? Kristale ulaşan kişi elektriğe mi çarpılacak?" diye sordu Reşat.

"Manyetik alan insanı çarpmaz. Elle tutulup gözle görülemez. Mıknatısın bir çiviyi çekmesi gibi, görünmeden iki nesneyi birbirine taşır. Isı ve ışık vermez."

"Yaklaşırsan kayboluyorsun, öyle mi?"

"Hayır, *'eğer elektromanyetik fırtına oluşursa'* diyor."

Reşat karşısındakini aşağılar gibi konuşuyordu:

"Diyelim ki kristali yerinden oynattık. Dünyanın su dengelerinin değişeceğinden nasıl emin olabiliyoruz? Ne oranda oynatacağımızı kim biliyor?"

"Türkiye'deki grup, bu hesaplamaları yapacak."

"Bu kesinlikle olanaksız. Gizlilik konusunda daha katı olmalı sizin patron!"

"Kime güvenileceğini senden öğrenecek değiliz. İştahın sayesinde pizzacıya yakalanıyorduk."

İbrahim döner koltukta bir o yana bir bu yana deviniyordu.

"Necip, Sanskritçe yazıda neler söylendiğini haritanın altına yaz. Unutabilirim." dedi.

"Oraya yazmasaydık..."

"Ne diyorsam yap!"

Necip elini alnına destek yapmıştı. Yazıyı yazdıktan sonra, anlatmaya devam etti:

"Kuzey Kutbu'nun negatif etkisi sıvılar üzerindeki yüzey gerilimini artırır, kristalizasyonu etkiler; moleküller büyür ve sıvı akışı kolaylaşır.

Güney Kutbu'nun pozitif alan etkisi ise sıvıları eritilebilir duruma getirir. Petrol kuyularındaki parafinleri bile birbirinden ayırır. "

"Can sıkıcı şeyler anlatma mühendis bey. Daha anlaşılır konuş!"

Necip'in sesi incinmiş gibiydi:

"Bak, Reşat! Ben yıllarını Cern Araştırma Lâboratuvarı'nda geçirmiş bir jeofizikçiyim. Yer çekirdeğinden uzaya değin manyetik alanın özelliklerini iyi bilirim. Bu dört kristal bir çeşit mıknatıslanma oluşturuyor dünyada.

Sen ister inan, ister inanma. Mıknatıslanmanın değiştirilmesi gezegendeki su dengesini Mısır adına olumlu etkileyecek, buna kalıbımı basarım."

İbrahim, sözleriyle Necip'i destekledi:

"Yerküre dev bir mıknatıs yani... Ve Mısır'a su getirmeyi biz başaracağız."

"Güzel konuşuyorsunuz, hoş konuşuyorsunuz da beyler... Bu manyetizma konusu kafamı karıştırdı." diyerek burun kıvırdı Reşat.

"Haklısın, yer manyetizması aslında karmaşık bir konu."

"Her yerde aynı sonuçları alır mıyız?" diye sordu İbrahim.

"Olur mu hiç? Manyetik alanın bileşenleri ve diğer elemanları, sapma ve eğim açıları, bölgelere göre farklı değerler taşır ve zamanla değişikliklere uğrar.

Yeryüzünün manyetik alanı her gün düzenli değişikliğe uğrar. Senin anlaman gereken tek cümle var: Kristali bulabilirsek, Güney ve Kuzey Kutbu bile yer değiştirebilir."

İbrahim birdenbire saatine bakıp ayağa fırladı. Gözleriyle dürttü sanki onları:

"Saat beş oldu baylar! Sonuca bağlayıp buradan ayrılmalıyız."

"El yazması esrar perdesini araladığına göre, yolculuk Türkiye'ye!" dedi Necip.

Reşat'ın gözleri parladı, esmer yüzü aydınlandı.

"Evet, perde aralandı. Yeryüzünün su dengesini değiştirebilecek harita elimizde."

İbrahim el yazmasını alarak pencereye tuttu, dikkat kesilmiş meraklı gözlerle altındaki yazıyı tekrar inceledi. "Bunun bir taklit olmadığından emin olmak için bu gece biriyle görüşmeliyim." dedi.

"Kesinlikle bunu yapma!" dedi Necip. "Kalıbımı basarım ki o gerçek bir el yazması. Ancak, 'kırmızı kitap' sözcüğüne dikkatinizi çekerim."

"Demek bu konunun içinde başka bilgiler de var. Kırmızı kitapla el yazmasının ilişkisi ne? Aynı kişi mi yazdı? O da Paris'te mi?"

"Yerinde sorular." dedi Reşat.

Bir an ikilem yaşadı İbrahim, ardından beyninde uçuşan düşünceleri dile getirdi:

"Şimdi sakince oturun ve plânı dinleyin. Araştırma alanımızı zaman içinde genişletmemiz gerektiği ortada. Kırmızı kapaklı kitabın ayrıntıları ile ilgili hiçbir bilgimiz yok.

Unutmayın ki kristallerin nerede olduğu konusu da sırdı bizim için. Bugün ne çok şey biliyoruz. Öncelikle ilk bulguları değerlendirip kristale ulaşmanın yollarını bulmamız gerek. Zamanı geldiğinde bütün bilgiler bizim olacak. Erken harekete geçmek plânlarımızı altüst edebilir."

Kararlaştırılan yere, kararlaştırılan zamanda gidebilmek için Orly Hava Alanı'nın yolunu tutmuşlardı bile.

DOKUZUNCU BÖLÜM

Şifreye defalarca bakmış; fakat ipucu bulamamışlardı. Ahmet Beyin söylediği gibi, hamamdaki mermer kaidede de, aynı şekiller vardı.

Birce havuzun bulanık suyunda eğilip bükülen yansımasını görmeye çalışırken alçak sesle konuştu.

"Gizemli işaretlerin bize ne söylemeye çalıştığını bulmalıyız."

Sesi duvarlarda yankılandı. Türkçe söylenişi ile harfleri yineledi: "S,C,L,S,M,Y,N,L,D."

İçerisi çok sıcak ve nemliydi. Gilman terleyen alnını elinin tersiyle sildi. Antik havuzun yosun tutmuş mermerlerindeki ışık oyunlarını seyrederken düşünüyordu. Değişime uğrayan şekiller, billurdan üçgenleri, sivri uçlu okları, ışıltılı çemberleri çağrıştırıyordu. Sanki önceki yüzyıllardan kalma gizemli bir renk tonlaması vardı burada. Renkler, havuzun cam ve demir kullanılarak kapatılmış tavanından gelen ışıkla bütünleşiyor, içeriye gizemli bir hava veriyordu.

"Yaşamda her şey bir bütünü anlatıyor aslında."

"Ne demek şimdi bu?"

"Baksana kubbe, duvarlar, kemerler, mermerler, hepsi de ayrı parçalar gibi; ama havuzun parçaları. Hep beraberken anlamlı bir bütün oluşturuyorlar. İki şifrenin böylesine bütünleşmiş bir anlamı olabilir."

"Haklısın, olabilir!"

"Ön yüzünü gördüğümüz bir apartmanı düşün. Arka yüzünü tahmin edebiliriz; ama önden göründüğü biçimini koruduğuna asla garanti veremeyiz!"

"İğne deliğinden bakıyoruz dünyaya desene!"

Üstüne güneş vurmuş elmas benzeri bir pırıltı gördüler suyun üstünde. Çevrelerini sis sarmış gibiydi. Daha da rutubetlendi hava. Ne olduğunu anlamaya çalıştılar. Havuzun kenarına yaklaştılar, pırıltıya dikkatle baktılar. Yok olmuştu.

"İçerisi çok sıcak oldu, burada daha fazla kalırsak bayılacağız." dedi Gilman.

Birce yüzünü buruşturdu:

"Evet, gözlerim karardı, sıcaktan herhâlde."

Şıpır şıpır terleyerek, döne döne yukarı çıkan merdiveni tırmandılar.

Su perisi yontusunun çıkarıldığı çukurda sarışın, sırık gibi bir adam duruyordu. Adamın parmakları, elindeki hesap makinesinin üstünde sanki dans ediyordu.

Kalın camlı gözlüğünün ardından onlara şöyle bir baktı, selâm vermeden not defterine bir şeyler karaladı. Boynundaki fotoğraf makinesinin açık olan kapağı, az önce fotoğraf çektiğinin kanıtıydı. Hasır şapkasını yüzünü kapatmak ister gibi öne çekti.

Gilman buraya gelenlerin niçin geldiklerini bir bakışta anlar, gözünden hiçbir şey kaçmazdı.

Kimi zaman sadece kazı alanını gezmek için, kimi zaman yurtdışından, Ahmet Beyin konuğu olarak, araştırma yapmaya gelirdi böyleleri. Yazılar yazar, fotoğraflar çeker, taş örnekleri, bitki örnekleri toplarlardı. Bir keresinde helikopterle gelip kazı alanının fotoğrafını bile çekmişti birileri. Fakat kazı alanında yalnız gezmek yasaktı!

Gilman çevresine baktı. Herkes iş başındaydı. Kimseler görünmüyordu. Adamın burada yalnız olması şaşırtıcıydı. Kızların bakışlarından rahatsız olduğu belliydi. Önemli bir iş yapıyor gibi görünüyordu. Bileğini hafifçe eğip saatine baktı.

"Merhaba!" dedi Gilman.

Adam incecik sesiyle, bakışlarını kaçırarak:

"I can't understand Turkish." diye yanıtladı.

Adamın acelesi var gibiydi. Birkaç dakika mermeri inceledi, çevresini eliyle yokladı. Kızlar soluklarını tutmuş seyrediyorlardı.

Aynı anda yukarıdaki park yerinden korna sesi ve araba homurtusu duyuldu. Antik duvarlar sanki sesi abartarak büyütüyordu. Bir arabanın kapısı açılıp kapandı.

Adam başıyla kızlara belli belirsiz selâm verip uzun bacaklarını pergel gibi açarak, park yerine koşar adımlarla gitti. Bir anda Selo belirdi yanında, birkaç kelime konuştular. Adamın onu almaya gelen beyaz arabaya binip uzaklaşması bir dakika bile sürmemişti. Selo kızlara hiç bakmadan kazı alanına doğru gitti.

"Sence kimdi o?" diye merakla sordu Birce.

"Bilmiyorum, ama yabancı olsa Cerenimo rahat bırakmazdı. Mutlaka Ahmet abinin tanıdıklarından olmalı. Baksana Selo bile tanıyor adamı." diye yanıtladı Gilman.

Birce alaylı bir sesle sordu:

"Selo İngilizce de biliyor, öyle mi?"

"Sahi nasıl konuştular dersin?"

"Ne bileyim! Adam o taşın yanında ne arıyordu acaba?"

"Sakın işaretlerin gizli anlamını çözmüş olmasın!"

"Yok daha neler! Hem o, siyah taşla ilgileniyordu."

Birce, çınarın ahtapot kollarına benzeyen köklerini saklamaya çalışan eğimli toprağa oturup bağdaş kurdu. Şaşkınlıkla sordu:

"Hangi siyah taş?"

"Bizim yazılı taşın karşısındaki taş işte."

"Ne özelliği var sanki?"

Gilman'ın bu soruya canı sıkıldı; ama yine de yanıtladı:

"Mehmet abi siyah taşın ardında gizli bir geçit bulmuş. Ama taşa dokunmak yasak!"

"Ya kimse görmeden dokunursak?"

"Yooo... Siyah taşa dokunursan bir daha buraya hiç dönmeyebilirmişsin. Sütninem bile anlatır bunu. Aslında aynı taştan bir tane de hamamda var."

Birce, karşı gelen ses tonuyla konuşuyordu, gözleri kıvılcımlanmıştı:

"Benden her şeyi saklıyorsun Gilman! Ben sana öyle mi yaptım? Mehmet abi taşa dokunmuş, bir yere de kaybolmamış. Yoksa bana şaka mı yapıyorsun?"

Gilman sesinin titremesine engel olmaya çalışarak konuştu. Boynundaki kaslar gerilmişti:

"Şaka yapmıyorum! Senden saklamadım. Gizli geçitten daha önce söz etmiştim. Sen tek kulağınla dinliyorsan ben ne yapayım?"

"Ama yerini söylememiştin."

"Ne fark eder ki? Demek bizim köyde anlatılanları duysan her taşın altına bakacaksın! Ohooo... Ne masallar anlatırlar. Hele dolunayda... Hepsi Dolunay Masalcısı sanki! Dağların ardından göründü mü kıpkırmızı, tepsi gibi ay, başlarlar masallarını söylemeye. Tekir kediler bile gelip dinler. Annem çoğunu unutmuş ama, süt ninem iyi bilir!"

Gilman, Birce'nin kolunu sıkıca tuttu, ayağa kaldırdı: "Tamam, tamam... Haydi asma suratını, gel masalı okuyalım yeniden."

Birce'nin ter içindeki sırtı ürperdi.

"Dolunay Masalcısı, dedin... Yani sütninen... Bugün tuhaf bazı şeyler olacakmış gibi bir duygu var içimde."

Koca çınarın gövdesine sırtını dayayan Gilman, kurnaz bakışlarla gülümsedi:

"Belki de olmuştur bile..."

Yukarılardaki çam ormanının kokusu Kaikos Vadisi'ni arşınlıyordu. Toprağın iliğine işleyen güneş, çıplak ne varsa yakıyordu.

Aktan, Roma hamamının tabanına halı gibi serilmiş sarı yeşil mozaikleri seyrediyordu.

Öğle üzeri uykuya dalıp geceleri yıldızları gözetleyen Alyanoi sokakları tuhaf bir sevinçle dolu gibi geldi ona. Suskunluğun çınlayışını dinledi. Pülmüz teyzenin verdiği bir tas cevizi yerken uzaklara dalıp gitti. İzmir'e döndüğünde Sevilay'ı arayacaktı. Kim bilir belki sinemaya bile giderlerdi. Sevilay'ın ezgili sesi kulaklarında çınladı.

"Binlerce taş parçasını bir daha birbirinden ayrılmayacak kadar özenle bir araya getirmek sabır ister. Amma da dayanıklı adammış."

"Ne adamı? Adamlar demek istiyorsun herhalde. Onlarca mozaik ustası aynı anda çalışırmış, Mehmet abi anlatırken duymadın mı? Taşları yerine vura vura, elleriyle yerleştirirlermiş. İnsanoğlu beş bin yıldır mozaik yapıyormuş."

"Vay be! Ne akıl ama! Bir santimetreden küçük taş parçalarını tek tek, yan yana koyacağım diye uğraş..."

"Off... İnsanın içine fenalık gelir!"

Aktan'ın kulaklarında gidip gelen sözcükler çağrışımlara neden oldu. Sevilay'ın, Alyanoi'yi güzelleştirdiğini düşünüyordu. Bu yarışmanın ikisini biraraya getirmesi ne hoş rastlantıydı.

Kâküllü sarı saçları, su yeşili gözleri, ılık bakışları, gülümseyişiyle Aktan'ın yüreğini, görünmez ülkelere götürmüştü. Onunla beraberken kendini tuhaf hissediyordu Aktan, ter basıyordu her yanını. Sevilay'ın yüreğinin de kendininki kadar hızlı çarpıp çarpmadığını öğrenemeden onu yitirmişti. Gün boyu defalarca kırgınlıklar, titremeler, yanlış anlamalar, bekleyişler, sevinçler, küçük düş kırıklıkları yaşamışlardı.

"Cevizleri yalnız başına ye bakalım!"

Işıl'ın sesi Aktan'ı düş dünyasından çabucak geri döndürdü.

"Neden oturuyorsun burada? Gelsene Bülent abi bir yontu bulmuş galiba. Herkes ona bakmaya gitti."

Aktan dalgın dalgın,

"Tamam geliyorum. Sıcaktan oturup kalmışım burada." dedi.

Tasta kalan son cevizleri Işıl'a uzattı.

Bülent, mermerden bir yontu bulduğunu topraktan gelen tok sesi duyar duymaz anlamıştı. Bugüne dek hiç yanılmamıştı. Gözleri sevinçle parlıyordu. İçi içine sığmıyor, toprağın altında uyuyan yontuyu ortaya çıkartmaya uğraşıyordu. Her kafadan bir ses çıkıyordu. Bunun ne olduğu hakkında tahminlerde bulunuyor, sonra Ahmet beyin değerlendirmelerini dinliyorlardı.

Önce heykelin saçları çıktı ortaya. Büklüm büklüm, emek emek işlenmiş saçlar... Sonra nazlandı biraz. Alnı ve toprakla dolmuş gözlerden biri ortaya çıktığında dikkat kesilmişlerdi.

Bülent, yontunun kara deliğe benzer göz çukurlarında güneşin ışıltısını görüyordu. Kayıp bir bakışın masmavi gökle karşılaşması kadar heyecan verici ne olabilirdi ki? Çabaladıkça çabalıyor, terledikçe terliyordu.

Ahmet bey heykele hayranlıkla bakıp,

"Pülmüz'e söyleyin bu gece şölen hazırlasın!" dedi.

"Ne çabuk mutlu olabiliyoruz burada!" dedi Kemikçi Sibel.

"Mutluluk, yetinmeyi bilmektir." dedi Ahmet Bey.

Cerenimo şölenin kokusunu almış gibi, fırladı gitti Pülmüz'ün yanına.

"Sonunda hareketlendi haydut! Sabahtan beri garip garip uyuklayıp duruyor bu hayvan. Hasta mı diye korkmuştum; ama yok bir şeyi!" dedi Doğu.

Bülent bulduğu yontuya dikkatle bakarak,

"Kafada bir çatlak var, galiba!" dedi.

Aktan pıskırarak gülmeye başladı.

"Kafayı çatlatmış senin yontu Bülent abi!"

Arzu sesine romantik bir tını vererek konuştu:

"Billur dağında bir deniz kızı yaşarmış. Binlerce yıldır 'Ahhh... Bülent beni kurtarsa' dermiş. Ama kafası çatlakmışşşşş..."

"Dağda deniz kızı ne arar Arzu abla?"

"Bu da kafayı çatlattı!"

"Bugün herkese her şey serbest!" diyerek güldü Ahmet Bey.

Birce ve Gilman göz göze geldiler, aynı şeyi düşünüyorlardı.

"Ahmet abi!" dedi Gilman. "Sabah senin konuğun var mıydı?"

"Yoktu, nereden çıktı şimdi bu?"

"Hiiiç, biz bir İngiliz gördük de..."

"İngiliz mi?"

"Yok yani bilemeyiz ama... İngilizce konuşuyordu."

"Hayal görmüşsünüz kızım, bu sabah kimse gelmedi!"

"Selo'ya sor istersen. Onunla konuştu."

"İyi ama Selo İngilizle nasıl konuşsun? Daha neler!"

Ahmet Beyin kafası karışmış, kızların anlattıklarına akıl erdirememişti. Kimsenin haberi yokken kazı alanına gelen bu adam da neyin nesiydi? Son zamanlarda eski eser hırsızları öylesine çoğalmıştı ki kaygılanmakta haksız değildi. "Hiç birimiz görmesek Cerenimo'nun görmesi gerekirdi." diye düşündü.

"Gilman, adam ne yapıyordu, anlatabilir misin?"

Birce ve Gilman gördüklerini en ince ayrıntısına kadar anlattılar.

"Mehmet, Selo nerede?"

"Bul bakalım, bir zahmet geliversin yanıma, 'Bir şey soracak Ahmet abi' dersin."

Bülent yontunun ikinci gözünü de ortaya çıkarmış, erinçle seyrediyordu. "Yaaa çocuklar, işte böyle... Kazı yapmanın en güzel yanı budur. Bin yıllar öncesine dokunabilmek, insanoğlunun geçmişini anlamaktır, yaşamı anlamaktır. Savaşların acımasızlığını duyumsamak, barışı anlamaktır."

"Vay be Bülent'e bak! Amma da güzel sözler söyledi. Yazsaydık keşke!" diyerek güldü Arzu.

"Arzu, çene yapmayı bırak da şuradan bana keskiyi uzat!"

Kazı tüm hızıyla devam ediyordu.

ONUNCU BÖLÜM

Birce, Canan Hanımın çalışma odasında otururken gazete haberini bir kez daha okudu.

"Kuzey ve Güney Yarı Küreleri için manyetik tehlike! İsviçre-Fransa sınırındaki Cern Uluslararası Fizik Lâboratuvarı çalışmaları ve uzaydan çekilen fotoğrafların sonuçları şimdiye kadar esrarını korumuş bir konuya açıklık getirdi. Türkiye'nin de gözlemci olarak bulunduğu deneysel araştırma lâboratuvarında, sıcak su kaynaklarının bulunduğu bölgelerde hızla dönen akışkan bir enerjinin varlığı kanıtlandı.

Araştırmacıların yaptığı açıklamaya göre; bu öyle bir enerji ki, insanoğlu bu enerjiyi üreten jeneratörü ele geçirebilse Güney ve Kuzey Yarı Kürelerin yerini bile değiştirebilir.

Dünyanın yedi ayrı bölgesinde bulunduğu düşünülen, enerji üreten bu yapının ne olduğu konusunda araştırmalar sürdürülürken, özellikle dolunay zamanı bu gücün arttığı belirlendi.

Araştırmanın sözcüsü fizikçi Dr. Edward Taube 'Ey insanlık! Sizlere dolunay masalları anlattığımızı sanmayın. Sıcak su kaynakları korunmaya özen gösterilmezse dünyanın geleceği tehlikede.' mesajı verdi."

Birce, tavanda oynaşan pembe mavi gölgelere baktı. Canan Hanım onun ne okuduğuna dikkat etmemişti, bir çanağın son düzeltmelerini yapıyordu. O sırada akşam yemeği çanı duyuldu.

Burada her zaman herkes yemeğini büyük iştahla yiyordu. Işıl'ın bile iştahı açılmıştı. Bu gecenin yemeği Ahmet Beyin söylediği gibi "şölen yemeği" olmuştu. Nohutlu keşkek kebabı, domatesli pilav, arkasından da şambaba tatlısı...

"Pülmüz, nasıl da bildin bugün Bülent'in düğün şölenini yapacağımızı?" diye gülerek sordu Canan Hanım.

"Valla dün geceden nohutla buğdayı ıslarken içime doğmuştu. Sabah tarladan şeftali gibi domatesleri toplarken de düşünmüştüm, ister inanın ister inanmayın!"

Sonra Bülent'e yan gözle bakarak,

"Gerçek düğünü de olur inşallah, o zaman elekle su taşıyacağım valla!" dedi.

Kemikçi Sibel avurtlarını şişire şişire yemeğini yerken, "Şeftali gibi domates nasıl oluyor allahaşkına Pülmüz teyze?" diyerek güldü.

Erkan yanıtladı:

"Demek ki Pülmüz teyzenin domatesleri tüylüymüş, hah hah hah..."

Bülent, Pülmüz'e göz kırptı:

"Boş ver sen onları! Düğünümde şambaba yap yeter. Teyzeniz tastamam bir şambaba ustasıdır çocuklar, kimse tatlıya şurubu onun gibi çektiremez. Elinin ayarı terazi gibidir."

Doğu'nun bakışları nişanlısı Arzu'ya kaydı.

"Bizim düğünde de zerde yapsın."

Arzu'nun içinde, açıkça dile getiremeyeceği istekler uçuştu. Ne diyeceğini bilemedi.

"Düğün pastası yerine, düğün zerdesi öyle mi?" diyerek işi şakaya vurdu.

"O da ne demek?" diye sordu Işıl.

"Ohooo, nasıl anlatayım ben sana, bir gün yapsın da gör! Parmaklarını da yersin."

"Tatlı mı yani? Yoksa tuzlu bir şey mi?"

Bu soruyu duyunca Arzu kahkahayı bastı.

"Zerdenin tatlı olduğunu bilmemek ayıp mı yani, gülme Arzu! Yememiş işte kızcağız, Pülmüz yapar ona." diye şakacıktan kızdı Canan Hanım.

Birce bir an önce sofradan kalkıp Gilman'la başbaşa kalmak istiyordu. Tam da bunu düşünürken Pülmüz teyzenin sesi duyuldu:

"Gilman, Mehmet kalkın hadin, gidiyoruz!"

Birce'nin dudaklarından sözcükler dökülüverdi:

“Her gece köye gitmeseniz ne olur ki?”

“Olur mu hiç, onların evi orada. Babası, ninesi, dedesi evde Gilman’ı bekler.”

Pülmüz yazlık hırkasını giyerken söylendi:

“Gilman’ı bekleseler iyi! Sofrayı bile sermemişlerdir şimdi.”

Birce’nin içi acıdı.

“Ne yani Pülmüz teyze, şimdi eve gidip iş mi yapacaksın?”

“Ne sandın ya? Gece gündüz inekleri bile ben sağarım. Daha iş çooook... Gilman’la veririz el ele, yaparız evelallah!”

“Mehmet, Gilman’ın neyi oluyor?” diye merakla sordu Işıl.

Mehmet soruyu duymuştu. “Teyze oğluyum...” diye yanıtladı.

Birce, o gece kalması için Gilman’a ısrar edecekti; ama vazgeçti. Gilman’ın yanına gidip gazeteyi eline tutuşturdu. Kulağına eğilerek fısıldadı:

“Bu gece haberi oku! Yarın gelirken gazeteyi getirmeyi unutma!”

Gece yatana kadar Aktan, Mustafa ile masa tenisi oynadı. Diğerleri de günün konusu olan yeni buluntuyu konuşup tartıştılar.

Birce masalın tümcelerini anlamlandırmaya çalışıyordu. Kafası karmakarışıktı. “Gazetede dolunay masalcısından söz ediliyor; Gilman, ninesinin köyde bu isimle çağrıldığını söylüyor, masalı dolunay masalcısı anlatıyor...” diye düşünüp her şeyi baştan bir kez daha değerlendirdi.

Odalarına gittiklerinde Işıl'ın ağzını bıçak açmıyordu. Birce'nin gazeteyi Gilman'a verdiğini görmüş, ondan bir şeyler sakladıklarını anlamıştı. Birce saçlarını fırçalarken yan gözle Işıl'a baktı.

"Neyin var Işıl? Bütün gece somurttun."

"Yok bir şey!"

"Var bir şey, hadi söyle!"

Işıl yüzündeki sivilceleri yolmaya başlamıştı.

"Siz bana söylüyor musunuz ki, ben size söyleyeyim?" dedi.

"Neyi?"

"Gilman'la aranızda gizli bir şeyler konuşup duruyorsunuz. Bensiz olmak istiyorsunuz. Sevilay gittiğinden beri patlayacağım sıkıntıdan! Farkında mısın bilmem; ama bugün banyo yaparken kimse beklemedi kapının önünde beni. Korkudan ödüm patladı! Ama sen yıkanırken Gilman kapıda bekledi!"

Birce bunu fark etmediği için üzülmüştü. Aslında her şeyi bir bir anlatmak istiyordu. Sanki sırrı birileriyle paylaşırsa şifre çözülecekti. Bu işi yapacaksa Arzu odaya gelmeden yapmalıydı. Tam söyleyecekti ki... Dilinin ucuna geldi. Soluğunu tuttu. Sustu...

"Ya Gilman bundan hoşlanmazsa?" diye geçirdi içinden.

Beyninde onunla konuşan iki ses çınlıyordu. Biri "Anlat!", diğeri "Anlatma!" diyordu. Sandalyede bir süre kıpırdamadan oturdu. Sonra sesindeki gizemli tınıyla,

"Peki anlatacağım; ama yarını bekleyelim. Gilman'la birlikte anlatalım." diye fısıldadı.

"İstemiyorum, anlatma Birce!" diye sesini yükseltti Işıl.

Gözleri dolu dolu olmuş, kendini çok yalnız duyumsamıştı birden. Yatağından kalktı, bavulunu açıp pijamalarını çıkardı. Hırçın bir hızla giyinip yattı. Gözlerini sımsıkı yumdu.

Birce saçlarını arkadan tek örgü yaparken,

"Saçların kısacık olduğu için çok şanslısın Işıl. Burada sıcaktan bayılttı beni bu saçlar." dedi.

Işıl, Birce'ye yanıt vermedi.

Birce sandalyeden kalkıp yatağına gitti. Kitabının yıpranmış sayfalarını çevirmeye başladı. Gilman kuş uçumu uzaklıktaydı; ama onu çağıramıyordu işte! O da burada olsa her şey ne kadar kolay olurdu. Bu sırrı Işıl ile paylaşsa ne kaybederdi ki?

En az yüz yıldır kitabın içinde birbiri üzerine kıvrılıp uyuyakalmış tümceleri yeniden okudu. Onları uykularından uyandırmak ne zordu! Gözleri "*Dolunay Masalcısı*" sözcüğünde takılıp kaldı.

Masaldan dışarı adım atan tek sözcük buydu. Cümleyi yeniden okudu: *"Mavi Zamanlar'ın Dolunay Masalcısı'ndan öğrendim bunları... Masallarımın dolambaçlı yolları gizli geçitlere açılır hep."*

Masaldaki gizli geçit, hamamdaki siyah taşın ardındaki geçit olabilir miydi?

Birce okumaya devam etti: *"Sakın ola demeyesin, hamamın kubbesi yok, tası yok, kurnası yok, suyu yok! İşte ilk ipucu sana. Dünya güzeli su perisi hâlâ yıkanıyor orada..."*

Şaşılacak kadar çok ipucunun kitabın içinden ona baktığını ilk kez o an duyumsadı. Ama bunu görmek düğümü çözmeye yetmiyordu. Gelecek, bugün, dün... hepsi birbirine karışmıştı.

ONBİRİNCİ BÖLÜM

Gilman sabah ezanından önce uyanmıştı. Kazı yerine bir an önce gitmeyi istiyordu. Olanları Birce'ye anlatmalıydı.

Annesinin iki ayağını bir pabuca sokmuştu.

"Ah Gilman ah! Bu sabah elimi ayağıma dolaştırdın, gidelim diye. Sığırın sıpanın işini görmeden yola düşülür mü?"

"Fena mı işte, bugün de işleri ninem yapar!"

"Ninenin hâli mi var iş yapacak? Ben 'dam' desem, o 'samanlık' anlar. İşleri iyice karıştırır! Yaşlı kadına iş bırakılır mıymış?"

Gilman annesinin etrafında dört döndü, çabuk gidebilmek için yardım etti. Kazı alanına varınca ilk işi Birce'yi bulmak oldu.

"Birce neler neler olmuş köyde, bilsen!"

"Neler olmuş?"

"Anlatacağım; ama senin neyin var? Canın sıkkın görünüyor..."

"Biraz öyle, Işıl'la atıştık. Sen anlat, sonra ben anlatayım."

"Dün buraya gelen İngiliz, köye de gitmiş. Yanında kendi gibi iki adam daha varmış. Kahveye oturmuşlar. Paket paket sigara dağıtmışlar. Bizimkiler etraflarını sarmış. Hepsi de çat pat Türkçe biliyorlarmış."

"Neeee!... Demek bize yalan söylemiş!"

"Dinle bak! Babam diyor ki, sözü döndürüp dolaştırıp kazı alanına getirmişler. 'Tırmanlar köylüsü emeğinin karşılığını alabiliyor mu?' diye sormuşlar. 'Baraj yapılırsa burası sizi eskisinden fazla güldürecek.' demişler."

"Ne barajı?"

"Ahmet abi anlatmadı mı size? Hızla kazı yapıp buluntuları kurtarıyorlar. Çünkü burası Yortanlı ve Çaltıkoru barajlarının gölet alanı ortasında kalacak. Amaç, burası sular altında kalmadan önce elden geldiğince fazla şeyi kurtarabilmek."

"Böyle bir şey konuşuluyordu geçen akşam, ama burası için söylediklerini anlayamamışım. Ne yani Alyanoi'nin binlerce yıllık bu kalıntıları suların altında mı kalacak?"

"Evet, baraj bitince..."

"Mozaikler, sütunlar da sular altında kalacak öyle mi?"

"Burada görebildiğin ve göremediğin her şey... Müzeye

götürülebilenler dışındakiler yani..."

"Barajın suyunu toplayacak başka yer yok muymuş?"

"Aslında varmış; ama onu yapmak masraflıymış diyorlar."

"Peki adamlar gece köyde mi kalmışlar?"

"Hayır, gitmişler. Ama adamlara dalkavukluk edenler de olmuş. Babam asıl onlara kızmış. 'Birileri gecesini gündüzüne katıp kurtarma kazısı yapsın, bu adamlar da onların kuyusunu kazsın, hak mı bu?' diye söylendi bütün gece."

Birce olayı tam olarak anlayamamıştı.

"Bu adamlar niye geliyorlar, ne istiyorlar?"

"Bilmiyoruz, bizimkiler barajla ilgilidir, diyorlar; ama barajla ilgili olsa neden Ahmet abiden gizli girsinler buraya? Bu işin içinde başka iş var bence!"

Ansızın Cerenimo önlerine atlayıverdi. Burnunu kaldırıp uzun uzun hırladı. Patilerinden birini kaldırıp bir yerleri işaret eder gibi hareketler yaptı.

"Ne oldu oğlum? Ne söylüyorsun?" diyerek Gilman onun başını okşadı. Cerenimo'nun bakışları bir şeyler anlatmak istiyor gibiydi.

"Senin dilini bilemiyorum ki, ne yapayım? Söyle Cerenimo... Ne var?"

Cerenimo, Gilman'ın umarsızlığını ayrımsamış gibi, arkasını dönüp gitti, çalılıklar arasında kayboldu.

Birce'nin suratı iyice asılmıştı. Dün gece Işıl'la yaşadıklarını Gilman'a anlattı. Işıl sabahtan beri onunla konuşmuyordu.

"Masalı onunla paylaşsak, her şeyi anlatsak, ne olur?"

Gilman oturduğu taştan zıpladı.

"Yok canım, sorun değil! İstersen herkese anlatalım!" Yüzünü kırıştırarak alaylı bir sesle "Oldu! Oldu!" dedi.

Üçüncü bir kişinin işlerine karışacak olması hoşuna gitmemişti. Birce de oturduğu yerden kalkıp Gilman'ın omzunu tuttu.

"Onu sevmiyor musun?"

Gilman yüzünü ekşitti.

"Hayır sorun o değil! İyi bir kız olabilir; ama sır saklayabileceğini nereden biliyoruz?"

Bir süre konuşmadan kazı alanının arkasındaki ormana doğru yürüdüler.

"Kim bilir bu toprakların altında neler vardır?" diye mırıldandı Birce.

Gilman soğuk bir sesle, "Gelecek yıl belki burayı da kazarlar." dedi.

Bir an Gilman elektrik çarpmış gibi yerinden fırladı, ses tonu değişmişti.

"Birce, kitap nerede?"

"Odada bırakmıştım."

"Çabuk gidip alalım. Bak ne diyeceğim! Eğer Işıl güvenilir bir insansa, kitabı izinsiz alıp okumamıştır. Yok, tam tersiyse sen yokken alıp okumuştur. Bu da onun sır saklayıp saklayamayacağını gösterir. Gidip bakalım. Kararımızı ona göre verelim."

Koşarak kazı evine geri döndüler. Kalabalık bir grup, buluntuların çizimlerinin yapıldığı tahta masada toplanmış, bir şeyler konuşuyorlardı. Yapılan bu çalışmayı Işıl ilgiyle izliyordu.

Gilman'la, Birce telâşla odaya girdiler. Birce kitabı yastığının yanından alıp göğsüne sıkı sıkı bastırdı. Sonra gözü hizasına getirip evire çevire baktı. İçinde bir şey aradı. "Kimse dokunmamış." dedi. "Nereden anladın?"

"Özel işaret bırakmıştım. Bak, saç telim hâlâ ellinci sayfada duruyor!"

Gilman kaşlarını kaldırarak gülümsedi:

"Sen de az değilsin haniii..."

Birlikte dışarı çıkıp çizim masasına yöneldiler. Işıl'a seslendiler:

"Işıııl, biraz gelir misin?"

Işıl'ın yüzü ateşi çıkmış gibi bir anda kıpkırmızı oldu. Ters çevirip üstüne oturduğu plâstik kasadan kalkıp yanlarına gitti.

ON İKİNCİ BÖLÜM

İbrahim ve Reşat, İzmir'deki ünlü otelin pasta salonunda, giriş çıkışı görebilecekleri bir masaya oturmuş konuşuyorlardı. Burası çok hareketliydi. Reşat kolundaki saate göz attı, sıkıntısı artmıştı. Sözcükleri tükürürcesine çıkardı ağzından:

"Nerede kaldı bu adam?"

Cep telefonunun tek tuşuna basıp, kısa bir konuşma yaptı.

Bir doksandan uzun, sıska Tomy, granitle kaplanmış sütunlardan birinin yanında belirdi. Gülümsemeye benzer bir hareket yaptı. Buz mavisi gözleri sanki nezleli gibiydi. Elindeki kahverengi çantayı bırakmadan İbrahim ve Reşat'ın elini sıkıp oturdu.

"Bir kahve içmeye vaktimiz var mı?" diye sordu.

"Hayır yok! Geç kaldın. Necip odada bizi bekliyor, kalkalım." dedi İbrahim. Tabağındaki çilekli pastayı bırakarak kalktı.

Kırmızı ceketi altın rengi şeritlerle süslü garsona yüklüce bir bahşiş bıraktı.

Kırmızı halı döşeli koridoru geçerek asansöre bindiler. Yirmi ikinci katta indiler. Reşat cep telefonunda kısa bir konuşma yaptı. Odalardan birinin kapısı açıldı, eşikte Necip göründü. İçeri girdiler.

Geniş, havadar, İzmir Körfezi'ne bakan bir odaydı. Tomy elini Necip'e uzattı. Dostça el sıkışarak tanıştılar. İbrahim odanın kapısını dikkatle kapattı.

Necip, Tomy'nin odaya kuşkulu gözlerle baktığını görünce, "Burası oturma salonu, sağdaki kapı yatak odasına, soldaki çalışma odasına açılıyor. Yatak odasından koridora bir çıkış daha var." dedi. "İçeride kimse yok, istersen bakabilirsin." diye ekledi. Tomy, kapıların açıldığı mekânlara bir göz attıktan sonra siyah deri koltuklardan birine oturdu. Çantasını kucağına koydu.

"Özür dilerim; ama işim gereği şüpheciyimdir, kimseye güvenmem!"

Necip, "Şimdi işimizi konuşalım!" diyerek Tomy'nin karşısındaki koltuğa oturdu.

Tomy kısa cümlelerle konuşmaya başladı:

"Alfa kod adlı kişi Mısır'dan arayarak görevi bildirdi. İşi anlattı. Görevim sizlere bu konuda teknik bilgiler sağlamak."

"Yalnız bu mu, başka görevin yok mu?"

"Evet, bir görevim de köylüler arasından bulduğum adamı İbrahim'le tanıştırmak."

"Genellikle ne tür alanlarda çalıştın?"

"En fazla Toryum ile ilgilendim. Bu, radyoaktif bir element ve nükleer enerji elde etmede kullanılıyor. Türkiye'nin, toryum kaynaklarının zengin olduğunu biliyor musunuz? Ayrıca bir ara bor işi ile de uğraştım. Bu ülke, dünyadaki bor kaynaklarının yüzde yetmişine sahip. Türkiye bunun ne kadar önemli olduğunun farkına varmadan, bu kaynakların işletmesini ele geçirmeye çalışan uluslararası bir şirketin plânlama uzmanı olarak da çalıştım."

"Bor kaynağını ele geçirsen ne olur ki?"

"Bor, düşünülebilecek en temiz yakıt. Geleceğin otomobili benzin yerine bor ile çalışacak. Hem çevre kirliliği olmayacak, hem de kullanılan yakıt değerlendirilebilecek. Amerika Birleşik Devletleri rezervlerini yıllar önce kullanmaya başladı, kendi topraklarından çıkarabileceği miktar gittikçe azalıyor. Türkiye ise bor zengini!"

"Alfa, oldukça deneyimli bir eleman olduğunu söylemişti." dedi İbrahim.

"Bergama'dan ne zaman döndün?"

"Dün oradaki son çalışmamı yaptım. On beş gündür rahat çalışıyordum, içeriden adam bulabilmem çok iyi oldu. Son gün şansım yaver gitmedi, ölçümleri yaparken on üç on dört yaşlarında iki kız çocuğu beni gördüler."

"Bu iyi olmamış işte!"

"Telâşlanmayın, elimdeki jeofizik aygıtını hesap makinesi sandılar. Türkçe bildiğimi de anlamadılar zaten. Aygıttaki verileri mikro-işlemciler yardımıyla, sayısal olarak değerlendirdim ve hemen bilgisayara aktararak hesaplamaları yaptım. Aslında hesaplamaları arazide yapıp bitiren, hatta sonuçları haritalayan sistemler de var; ama kazı alanına kaçak girince bunları kullanmak olası değil. Sonuçlar tamam, bir sorun yok! Ama köylülerle işimiz zor gibi görünüyor."

Reşat pis pis sırıttı:

"Neden? Hesabımıza çalışacak akıllı yok mu hiç?"

"Önceki bir işte bana çok yardım etmiş bir adamımız var içeride. Bu işi ona bırakacağım. Benim kazı alanına rahatça girip çıkmamda çok yararı oldu. Bundan sonraki çalışmalarda da yanımızda olacak."

Necip, kalkıp buzdolabını açtı. Üç soda, bir paket fıstık çıkardı. Herkese birer bardakla beraber soda verdi. Bir kâseye boşalttığı tuzlu fıstıkları ortadaki masaya koydu.

"Şimdi bulgulardan söz et biraz." dedi.

Tomy dizlerinin üstündeki çantayı açarak içinden bir disket çıkarıp uzattı.

"Bütün bilgiler burada. Alyanoi kazı alanında yaptığım manyetik çalışmalar sonucu, tahminlerimizin doğruluğu ortaya çıktı. Disketteki projede alanın yoğunlaştığı yer görülüyor.

Haritadaki koordinatlar en yoğun sinyallerin Roma hamamının olduğu bölgede alındığını gösteriyor. Burada çok güçlü kristal bir jeneratör yapının var olduğunu tahmin ediyorum. Ama ölçümlerle bulamadığımız bir şey var; bu jeneratörün bulunduğu derinlik. Yarın İbrahim ile birlikte Bergama'ya gideceğiz."

"Tırmanlar köyüne mi?" diye sordu İbrahim. Tomy başını iki yana salladı.

"Hayır, dikkat çekmemek için köyden gelecek kişi ile Bergama'da buluşacağız. O bize yardım edecek ikinci kişiyi bulmuş olacak. İş plânı yapacağız."

İbrahim şüpheli gözlerle Tomy'i süzdü.

"Ya Bergamalı öterse?"

"Öterse başına gelecekleri iyi biliyor, merak etmeyin. Pazarlığı sıkı yaptık."

Bir an sessizlik oldu.

"Jeneratörün yerini bulduğumuzu düşünelim. Onu yerinden ne kadar oynatabilirsek dünyanın manyetik alanında değişimler olabilir sence?"

"Bu, jeneratörün gücüne bağlı bir şey. Ama yaptığım ölçümlerin sonuçlarına göre çok az bir sapma bile yaptırılabilirse büyük felaketlere yol açabilir."

Necip azarlar gibi konuştu:

"Senin felâket dediğin şey, bizim kurtuluşumuz. Şu kadarını söyleyebilirim ki bu dengelerin değişmesi, Mısır'ın yararına olabilirse Mısır tarihi başarımızı altın harflerle yazar!"

Tomy gergindi:

"Alfa'nın bir notu var! Şu anda İngiltere'de bulunan Mısırlı Beta, yarın İstanbul'a iniyormuş. Akşam uçağı ile İzmir'e gelecekmiş. Otele gelip sizi arayana kadar odanızda bekleyecekmişsiniz." dedi.

Necip, Alfa'nın bu ilginç ve alışılmadık plân iletme biçimine şaşırmıştı.

"Bu Alfa'nın kafasında iki tahtası eksik galiba, ne diye bana kendi söylemiyor?"

"Telefonu dinleniyor olabilir." dedi İbrahim.

"Aranızda Beta'yı tanıyan var mı?"

Necip'in bu sorusu havada asılı kaldı; çünkü bu kişiyi hiçbiri tanımıyordu.

"Beta geldikten sonra ben Türkiye'den ayrılıyorum. Yarın İbrahim'i Bergama'ya götürüp Selahattin ile tanıştırmak son görevim. Zamanınızı iyi değerlendirip araştırmayı sonuçlandırmaya bakın, her dakikanın değeri var." dedi Tomy.

Reşat dalga geçer bir tavırla:

"Tavsiyelerine uyacağız sayın mühendis." dedi.

Tomy ayrılmak için ayağa kalktı. Necip'e içinde para ve disketlerin olduğu çantayı teslim etti. Dünyanın geleceği, Necip'in elinde tuttuğu çantanın içindeydi.

ON ÜÇÜNCÜ BÖLÜM

Gün, Tırmanlar köyüne taze ışıklarını döküyordu. Dörtbeş genç, tahta masanın etrafında, günün ilk çayını yudumluyorlardı. Davut'un kırbaç kadar keskin sesi, toprak zeminli büyük kahvehanede çınladı.

"Sait'in demesine bakılırsa dün gelen yabancılar bir numara çeviriyorlarmış yine."

Canı sıkkın, kaşları çatıktı. Herkes başını kaldırıp ondan yana baktı, üstelediler:

"Ne susuyorsun, desene gerisini de..."

"Demeden zaten duramayacağım... Birilerinin kesesi şişecek gibi ya, neyse..."

"Açık konuş Davut abi, kimin kesesi şişecekmiş?

"Bakın bakalım kim yok aramızda? Bugün kim gitti Bergama'ya?"

"Kimden şüpheleniyorsun?"

Hamit, Davut'un yüzüne dik dik baktı:

"Her zamanki aslı astarı olmayan sözler işte!"

Naci siyah kasketini çıkarıp tahta masaya koydu.

"Aslı yoksa ortalığı velveleye verip rezil olmayalım arkadaşlar. Hem barajcılar ne demeye köye gelsin. Para bulunursa barajın inşaatı devam edecek..." dedi.

Davut başını sallayarak, can sıkıntısını belli etti. Kara kaşlarını çatıp gözlerini kahvehanenin bir ucundan öbür ucuna gezdirdi.

"Kim dedi sana barajcılar diye... Tövbe, tövbe... Onların bizle işi yok ki..."

"Ben de onu söylüyorum ama, ne bileyim?"

Mehmet çenesini esmer avuçlarının arasına almış, gözlerini dikmiş, kahvehanenin karşısındaki kerpiç bahçe duvarına bakıyordu.

"Sen ne dersin Mehmet? Niye konuşmuyorsun?"

Mehmet'in sessizliği, bulutların sessizliği kadar derin ve bir o kadar da yıldırımlara gebeydi. Öfkesi bağrına toplanmış gibi,

"Hepsinin canı cehenneme! İş ararken bizden yana olanlar, şimdi ciğerimizi sökmeye geliyorlar!" diye gürledi.

Hamit küstahlık içeren bir mimikle sarı bıyıklarını sıvazladı.

Sağında oturan Mehmet'e döndü:

"Bağırma sabah sabah aslanım!"

Mehmet, Hamit'in son zamanlarda Selahattin ile çok dolaştığının farkındaydı. Herkesin yanında bu konuyu konuşmak istemiyordu. Aklına gelen kötü sözleri dilinden kovdu. Hamit'e yanıt vermedi.

"Yürek karartıyorsunuz hepiniz!" dedi Naci.

"Bu şaşkınlar belki de define filan arıyorlardır."

Davut duraksadı.

"Definecilerin ağzı kalabalık olur. Bunlar cingöz! Başka bir iş peşindeler. Kazı alanında kaç para yevmiye aldığımızı bile sordular."

Güneş, kahvehanenin önündeki toprak yolun geceden kalma terini soğutmuştu bile. Traktör geldi, arkasına doluşup kazı alanının yolunu tuttular.

ON DÖRDÜNCÜ BÖLÜM

"O masaldan bu masala yol süren gezginler, zamanın akıllı yolcularıdır. Akan bin yılların koynunda, küçük küçük masallar içinde gizlenen büyük masalın izini sürerler farkında olmadan. Belki de o yüzden her yolcu yeni bir anlam kazandırır masala. Dünyanın uğultusu işte böyle ses olur yeryüzünde.

Kınalı el, dolunay masalcısına yaraşır ancak. O, can serpecek şifreli sözcüklere. Dipsiz kuyu usa sığmaz bir ülke oluverecek gezginlerin gözünde.

Mavi Zamanlar'ın ışık ülkesi gömülmeden karanlığa, uzayca derinleştirmişti çözülmez düğümü.

Düğümün gizi en iyi korunan sırdı. Krallar bile bilmiyor, kimse lânetli eve girmiyordu. Öyle bir düğümdü ki, kökü 'dünya' denilen gezegenin kalbinde, yankısı hamam dibindeydi.

Yıllar akacak, sular yanacak; bu yer güzelliğin, barışın, sevginin, şifanın, umudun rengi olacaktı.

Ey bu masalın yeni anlatıcıları; deneyin ve görün. Yeniden denemeniz gerekse de bunu yapın! Ta ki size verilen görevi yerine getirene değin. Daha iyisini elde etmek için yeni denemeler yaptıkça göreceksiniz gücünüzü.

Korkmayın! Korku, aklın kötü kullanılmasına yol açar. Aklını doğru kullanmayan gerçeği bulamaz. Unutmayın ki bu yalnız sizin değil, dünyanın serüvenidir."

Işıl yere çöktü ve elleriyle yüzünü kapadı. Ağlayacağını duyumsadı ama çabuk toparlandı.

Bu masal damarlarına yayılan bir sır gibiydi. Saatlerdir konuştuklarını bir anda kafasından şöyle bir geçiriverdi. Yüzünü açtığında, çatlamış toprağın üstünde karınca büyüklüğünde yüzlerce yeşil minik böcek gördü. Bugüne kadar gördüğü böceklere hiç benzemiyorlardı.

Önce sıraya dizildiler, sonra bir şekil oluşturmaya başladılar. Toprağın üstünde kocaman bir "I" harfi yaptılar. Işıl'ın elleri ve sesi titredi:

"Kızlar bakın! Yerde ne var!"

O anda böceklerin herbiri bir yana dağılıverdi. Birce ile Gilman hiçbir şey göremediler. Kimi çalılara, kimi toprağın derinliklerine akıp gitti. Işıl, masalın gizemli olduğundan emindi artık.

"Böcekler, ayağımın dibinde toplanıp gözümün önünde adımın baş harfini yazdılar!" diye şaşkınlıkla çığlık attı.

Cerenimo yanlarına gelmiş, ön ayaklarını Işıl'ın omuzlarına atmaya çalışıyor, sevinç gösterisi yapıyordu. Bir ağızdan şarkıya başlayan ağustos böceği korosu ona eşlik ediyor gibiydi. Çiçekleri kıskandıracak bir kelebek Işıl'ın omuzuna kondu. Cerenimo'nun hareketiyle yerinden havalandı, dönüp dolaştı, gelip yine Işıl'a kondu.

Birce ve Gilman garip olaylara alışmaya başladıklarından, yeşil böceklerin gösterisi onları şaşırtmamıştı. Işıl'ı soğukkanlılıkla dinlemişlerdi.

"Cerenimo bir şey söylemek istiyor gibi..." dedi Birce.

"Anlayamadığımız öyle çok şey var ki... İnsanoğlu her şeyi bildiğini sanıyor, oysa bir köpeği bile anlayamıyor!"

Gilman başını salladı.

"Haklısın... Bir ağacı bile tanımıyoruz aslında... Şu çınarın kaç yaprağı var, kim biliyor? Işıl'ın gördüğü yeşil böcekler bizi anlıyor mu? Hani çok şey biliyordu insanoğlu?"

"Şimdi bana ağacın yapraklarını saydıracaksın!" diyerek güldü Birce.

Işıl bakışlarını uzaklara dikmişti. Sanki farklı bir zamanın büyülü kapısından geçmiş, sonra da kendini Alyanoi'de bulmuştu. Konuşmuyordu. Ayağa kalktı, kazı alanına giden patikada yürümeye başladı. Cerenimo peşinden gidiyordu. Birce onu izlerken bir tuhaflık olduğunu fark etti.

"İyi misin Işıl?"

Gilman fısıldadı:

"Her şeyi arka arkaya anlatmakla yanlış yaptık, keşke alıştırarak söyleseydik. Korktu galiba!"

Işıl soruyu duymamış gibiydi. İlya'nın üstündeki taşlardan atlayarak karşıya geçti, Roma hamamının önünde durdu. Ne düşündüğünü anlamak zordu. Cerenimo da durmuş onun yüzüne bakıyordu.

Birce ve Gilman, Işıl'ı şaşkınlıkla izliyorlardı. Işıl, gözlerini çalışan işçilere dikti, bir süre öylece kaldı. Parmaklarını kısacık, kıvırcık saçları arasında dolaştırarak uzaktaki tepelere, gökyüzüne baktı. Tüyler ürperten bir sesle konuştu:

"O, burada!"

Çalışanların sesleri belli belirsiz duyuluyordu. Gökyüzü iyice kızıllaşmıştı, Alyanoi sokakları yıldızları karşılamaya hazırlanıyordu.

Kızlar Aktan'ın geldiğini duymamışlardı.

"Neler yapıyorsunuz burada?"

Gilman'la Birce yerlerinden zıpladılar. Zehir zemberek bir "Offff..." çektiler.

"Korkuttun Aktan!"

"Amaaaan! Siz de amma ödleksiniz ya! Bakın Işıl korkuyor mu?"

Işıl onu duymamış, görmemiş gibiydi. Donuk bakışları sonsuzluktaydı.

"Ne oluyor buna? Küstü mü yoksa bize?"

Işıl sözlerini tekrarladı:

"O, burada!"

"Bakın görmüş işte beni, hem de küsmemiş. Ne haber Işıl? Arzu abla kemik odasında seni bekliyor. Bir şey gösterecekmiş."

Işıl yerinden kıpırdamadan yineledi:

"O, burada!"

"Burada olduğumu biliyorlar kızım, hadi uzatma da kemik odasına gel. Dişlerini fırçalamamış birinin kafatasını bulmuşlar da... Fırçayı macunu alıp gelsin, dedi Arzu abla."

Aktan yaptığı şakayı beğenmişti, arkasını dönüp uzaklaştı.

Gilman onun duymayacağı sesle mırıldandı:

"Ayyy ne komik, gıdıkla da gülelim!"

Akşamın gölgeleri hamamı doldururken, bir flüt ezgisi vadiyi sarıyordu.

"Kim burada Işıl?" diye alçak sesle sordu Birce.

Işıl kımıltısızdı:

"O, burada!"

"Kim burada Işıl, delirtme bizi ya!"

"Şifreli taş! Şifreli taşın baş büyücüsüyüm ben! Bazıları 'cadı' bile derler. Masal dinleyince vampir olurum! Sizi bu hamamda yiyeceğim. Hırrrrrr..."

Işıl hayatının en gülünç şakasını yaptığını düşünüyordu. Kahkahalarla gülerken konuşmaya çalışıyordu.

"Amma da kandırdım sizi! Nasıl da korkuttum ama! Gülmemek için yanaklarımın içini ısırmaktan ağzım yara oldu!"

Birce bir süre kollarını kavuşturup durdu, muzip muzip gülümsedi.

"Oyunculuk yeteneğini kutlarım, inan ki hiç şüphelenmedim. Kızcağıza bir şey oldu, diye düşündüm." dedi.

Gilman da gülmekten zor konuşuyordu.

"Var ya! Bunun hesabını ödeyeceksin Işıl, alacağın olsun!"

Kömür gözleri gülmekten yaşarmış, burnunu çekmeye başlamıştı. Cerenimo da keyiflenmiş, kuyruğunu sallıyordu.

Mehmet el arabasıyla yanlarından geçerken seslendi:

"Kızlar, neşeniz bol olsun!"

Birce çın çın çınlayan bir sesle,

"Sağ ol Mehmet abi! Işıl fıkra anlattı da ona gülüyorduk..." dedi.

"Herkes bugün Bülent'in bulduğu yontunun başındaydı, siz gelip bakmadınız bile." diye sitem etti Mehmet.

"Şimdi geliriz." dedi Birce.

Cerenimo, Mehmet'in peşinden uslu uslu gitti.

***

Kızlar, İlya'nın kıyısında oturmayı seviyorlardı. Günün solan tonları İlya'yı bir masal çayına dönüştürüvermişti. Ayakkabılarını çıkarıp ayaklarını İlya'nın soğuk sularına soktular. Kıyı boyunca fışkırmış yabani otların arasından gelen hışırtılardan kaynaklanan korku duygusu içlerini yalayıp geçse de, burada rahatça konuşabildikleri için başka yere gitmiyorlardı.

"Masalı bir kez daha okuyalım, her tümceyi tek tek düşünelim. Belki şifreyi çözebiliriz." dedi Işıl.

Birce sözcüklerin üstüne basa basa, yavaş yavaş okudu:

"Kınalı el, dolunay masalcısına yaraşır ancak. O, can serpecek şifreli sözcüklere. Dipsiz kuyu usa sığmaz bir ülke oluverecek gezginlerin gözünde."

"Bu ne demek şimdi? Gezgin dediği biz miyiz?" diye sordu Işıl.

"Gezgin bizsek, kınalı eli olan dolunay masalcısı da ninem!" diye çığlık attı Gilman.

Işıl onun sözünü kesti:

"Yok daha neler!"

O sırada çayın ortasındaki taşların arasından bir çift gözün onları izlediğini ayrımsadılar. Üçgen bir başı, gümüş gibi parıldayan karın kısmı olan su yılanı Birce ve Işıl'ı korkutmuştu. Çığlıklar atarak ayaklarını sudan çıkardılar.

"Bir şey yapmaz! O da bizden korkuyor." dedi Gilman. "Kapatın gözlerinizi, suyun sesini dinleyin! Masalı düşünün. Şifreyi çözelim."

Gilman her zaman burada gözlerini yumup yer altından, yer üstünden, dağların tepelerinden, gizli saklı derelerden gelen suların aktığını düşünürdü. Yine öyle yaptı. Düşünceleri, yılanın taşlar arasından kayması gibi kafasının her bir yanına kıvrılıyordu. Su yılanı kaybolmuştu.

"Ayyy... Şuna bakın!"

Işıl, açık pembe renkli, büyük ön kıskaçları olan irice bir örümceği gösteriyordu. Örümcek, periskop gibi kullandığı gözleriyle çok da sevimliydi. Minicik yeşil bir kurbağa da onun yanıbaşında gösteri yapıyor gibi zıplıyordu.

"Korkma bir şey yapmazlar!" dedi Gilman.

Işıl buraya geldiklerinden beri ne çok hayvan ve bitki tanıdığını düşündü. O sabah günün ilk ışıklarıyla birlikte yaşadığı komik olayı anlattı arkadaşlarına.

Sabah tuvalet için kalkmış, sağda solda tıkır tıkır, çıtır çıtır sesler duymuştu. Çevresindeki bütün ağaçlardan ses geliyordu. Telâşa kapılıp hızla gitmişti tuvalete. Dönüşte önüne ağaçlardan bir şeyler düşmüş, dikkatle bakınca sabah kahvaltısı yapan sincapları görmüştü. Sincaplar kozalak ve ağaç kabuklarını iştahla kemiriyor, meraklı gözlerle Işıl'ı izliyorlardı. Şimdiye kadar sincapları yalnızca kitaplarda gören Işıl, odaya nasıl koşarak gittiğini anlatırken gülmekten yerlere yatıyordu.

Gilman onu dinlemiyor gibiydi. "Bu gece ninemle konuşsam..." dedi kendi kendine.

"Bu olaylar bir masalda bir araya gelseydi, bunca rastlantı ve gizeme ancak tebessüm ederdim. Ama şimdi yapmamız gereken onları nasıl değerlendirmemiz gerektiğini kavrayabilmek." dedi Işıl.

Birce beyninde şimşek çakmış gibi şaklattı parmaklarını.

"Tabi ya... Bir söz okumuştum kitaplarımdan birinde. 'Gerçek gezginler yeni yerler aramazlar, yeni gözlerle bakabilirler.' diyordu. Biz de yeni gözlerle bakmayı başarsak..."

Işıl'ın aklına okuduğu bir öykü gelmişti. Onu arkadaşlarıyla paylaştı. Vadide, Bach'ın ezgileri ve Işıl'ın sesi dışında hiçbir ses duyulmuyordu.

"Annelerinin karnında büyüyen ikiz kardeşler, haftalar geçtikçe gelişmişler. Elleri, ayakları, iç organları oluşmaya başlamış. Yavaş yavaş etrafta olup biteni fark etmeye, birbirleriyle konuşmaya başlamışlar. Hep aynı şeyi söylüyorlarmış. 'Hayat ne güzel şeymiş be kardeşim!'

Büyüdükçe içinde yaşadıkları dünyayı keşfe koyulmuşlar. Bunu araştırırken anneleriyle onları bağlayan göbek kordonu çıkmış karşılarına. Bu kordon sayesinde hiç zorlanmadan beslenebiliyorlarmış.

Hızla büyümüşler, bir gün bu güzel dünyadan ayrılmak zorunda olduklarının işaretini almışlar. Dokuzuncu aya yaklaştıklarında bu işaretler çoğalmış. Kardeşlerden biri o güzel dünyadan ayrılmayı istemiyormuş. Onlara hayat veren kordon kesildikten sonra nasıl yaşayabileceğini bilmiyormuş çünkü.

Bir başka soru da düşmüş aklına: 'Belki de anne yok!' Öteki demiş ki: 'Olmaz olur mu, biz kimin karnındayız? Annemizi hiç gördün mü? Belki de öyle birinin karnında olduğumuz fikrini biz uydurduk.'

Annelerinin karnındaki son günleri işte böyle düşünmek ve tartışmakla geçmiş. Sonunda doğum anı gelmiş. İlk soluklarını almışlar, artık yeni gözlerle bakabiliyorlarmış dünyaya. 'Bizler düşüncelerimizle sınırlamışız yaşamı, göremediklerimizi yok sanmışız. Aklımızdan bile geçiremeyeceğimiz kadar renkliymiş her yan...' demişler. O günden sonra yaşamın göremedikleri gizlerini arayıp durmuşlar."

Birce öyküden çok etkilenmişti.

"Demek düşüncelerimizle sınırlıyoruz yaşamı..." diye Işıl'ın sözcüklerini yineledi.

Işıl bilgiç bir ses tonuyla konuştu:

"Bazı bilgiler anlatmakla anlaşılmıyor, hepsi farklı yollarla keşfediliyor. Öyküdeki ikizlere annelerini istediğin kadar anlat, doğmadan bunu keşfetmeleri ya da hayal etmeleri çok zordu..."

Gilman, dikkatini Işıl'ın anlattıklarına veremiyor, buradan bir an önce ayrılmak istiyordu. Ninesiyle konuştuğunu, masalı ona anlattığını, ninesinin de şifreyi çözdüğünü gözlerinin önünde canlandırdı.

Birce, "Ne düşünüyorsun?" diye sordu.

"Nineme masalı anlatmayı hayal ediyordum."

"Ninenle masal arasında bağlantı olduğuna emin misin?"

"Senin anlattığın öyküden sonra iyice emin oldum. Düşüncelerimizi sınırlı tutuğumuz için sonuca varamıyoruz."

Birce başını salladı, ona hak vermişti.

"Kimseye söz etmez ninen, değil mi?"

"Hayır, o benim her zaman sırdaşımdır zaten!"

Akşam sofrası kurulurken hepsi yardım ettiler. Mehmet de uzaklarda bir yerlerde sırdaşıyla, yani kavalıyla beraberdi.

Kaval, gülen ağlayan seslerle onun duygularını dile getirir, uzak dağların doruklarına ulaştırırdı. Kavalı onun yalnız özlemini, sevincini söylemekle kalmaz, ağaçların, bulutların, İlya'nın cıvıl cıvıl akan sularının sesini de duyururdu.

Herkes ona kulak kabarttı. Kavalın sesi yılların ötesinden geliyor, Alyanoi topraklarının öyküsünü anlatıyor gibiydi.

Akşam yemeğini yıldızlarla dolu gökyüzünün altında yemek çok hoştu. Hava hâlâ çok sıcaktı.

"Sivrisinekler de bu gece iyice azıttılar!" diye yakındı Ahmet Bey.

Vücutlarına ilâç sürmelerine rağmen her yanlarını ısırıyordu sinekler. Günün ayrıntılarını, buluntularını, ertesi gün neler yapacaklarını konuştular.

"Çocuklar, burada sıkılıyor musunuz?" diye sordu Canan Hanım.

"Hayır!" diye kestirip attı Birce. Kendi söylediğine yine kendisi kahkahalarla güldü. Niye öyle bağırarak söylediğini bilmiyordu. Canan Hanım onun iyi niyetle böyle yanıt verdiğini biliyordu. Gülümsedi.

"Sevindim. Öğleden sonra sizi ortalarda göremeyince odanıza çekildiniz sanmıştım."

Aktan iğneleyici bir tavırla konuştu:

"Yok canıııım... Çay kenarında gizli toplantı yapıyorlardı."

"O da ne demek?"

"Onlara sorun Canan teyze. Bütün gün bir işler çeviriyorlar; ama ne olduğunu bilmiyoruz. Gizem avcısı oldular galiba!"

Ahmet Bey onlara dostça bir tebessümle bakınca Gilman utana sıkıla konuştu:

"Hayır Aktan, sadece konuşuyorduk. Sen de katılabilirdin."

"Buraya gelip de gizem avcısı olmamak olmaaaaz!" diyerek gülümsedi Ahmet Bey.

Arzu meraklandı:

"Ne konuşuyorsunuz bu kadar çok, masal mı anlatıyorsunuz birbirinize?"

Kızlar göz göze geldiler, gülmemek için zor tuttular kendilerini. Işıl, Arzu'ya kızmıştı. Bir yandan ballı ayva tatlısını kaşıklarken terslenerek söylendi:

"Yok, masal anlatmıyoruz da... Masal yazıyoruz hep beraber!"

Arzu'nun yanıttan memnun kalmadığı mimiklerinden belli oluyordu.

Birce sürahiyi uzatıyor gibi yapıp başını önüne eğerek sessizce mırıldandı:

"Sus Işıl, uzatma, yeter artık!"

Kemikçi Sibel araya girdi:

"Bırakın çocukları, ne isterlerse onu yapsınlar."

Bülent şaka yaptı:

"Biz işlerle boğuşalım, bacılar keyif yapsın, değil mi Aktan? Bugün Aktan çok yardımcı oldu bana! Değil mi koçum?"

Aktan erinçle baktı onun yüzüne.

Canan Hanım ılık bir sesle,

"Gilman'la kızların iyi anlaşmasına seviniyorum, o da burada yalnızlık çekiyordu." dedi.

Gilman utanarak gülümsedi. Boynundaki ince zincirle oynar gibi yaptı.

"Onlar Elif'ten bile iyiler..." dedi.

Pülmüz söze karıştı:

"Elif dediği de ablamın kızı. İçtikleri su ayrı gitmezdi; ama bugünlerde onlara gittiği bile yok!"

Saatler ilerledikçe gece, sırlarla dolmaya başlamıştı iyice. Gilman, annesi ve Mehmet bir sonraki günün getireceği sürprizlerden habersiz kazı evinden ayrıldılar.

ON BEŞİNCİ BÖLÜM

Gizli geçidin siyah taş kapağı üçüncü çekişten sonra yerinden oynadı. Gümbürdeyerek yana kaydı, açılmaya başladı.

Bir buçuk metrelik kör bir kuyu görünümündeki dehliz ortaya çıktı. Yukarıdan bakınca, dik açı yaparak yerin derinliklerine inen yarı yıkık, geniş basamaklı taş merdiven görünüyordu.

Sıçrayarak kuyuya indiler, kuyunun göbeğindeki yüksekçe eşikten atlar atlamaz, merdivene, oradan da iki metre enindeki taş duvarlı tünele ulaştılar. Birce ve Işıl el fenerinin ışığıyla çevreyi görmeye çalışıyorlardı.

Tünel bir tarafta duvar boyunca ilerliyor, diğer tarafta batıya kıvrılıyordu.

El fenerinin karanlığa uzanan ışığı, korkutan, garip, esrarengiz bir bulut gibi görünüyordu. Bu ışık, tünelin kimi içbükey, kimi dışbükey duvarlarında sanki havada uçuşan hayalet yüzler oluşturuyordu.

Batıya kıvrılan yoldan gitmediler. Dikkatle ilerlerken adımlarını olabildiğince çabuk atıyorlardı.

"Hadi artık yeter, çıkalım buradan." dedi Işıl.

"Dur kızım! Daha yeni geldik. Bak şuradaki köşeli taşlar sanki geçidin son noktası."

Birce taşlara doğru gidip, ürkerek dokundu. Mermerin serinliği yayıldı içine. Sağ tarafa bakınca tünelin devamını gördü.

"Ohooo, bayağı uzun bir tünelmiş bu. Sonu görünmüyor."

Işıl'ın yüzünün rengi değişmiş, göz kapakları hızla açılıp kapanıyordu.

"Birce, arkamızda ayak sesleri var sanki."

"Yok canım, ben duymuyorum. Dışarıdan kurbağa vıraklamaları geliyor, korkma!"

"Hayır, şu duvarın arkasında bir şeyler dolaşıyor sanki. Birce, ya bu bize hazırlanmış bir tuzaksa?"

"Gel, gel bak burada ne var?"

"Pek bir şey yok. Bildiğin bir tünel işte. Taştan yapılmış. Öööyle devam ediyor..."

"Dikkatli bak, ileride bir kapı var."

Tünelin sonundaki kapı onları Roma döneminden bir evin odasına ulaştırdığında Işıl korkudan titriyordu.

Uzun zamandır kimsenin uğramadığı anlaşılan odanın tabanı hiç bozulmamıştı, mozaikle kaplıydı.

Odanın boyutlarınca resimlenmiş mozaikte kocaman bir dünya, üzerinde renkli taşlarla işlenmiş balıklar ve diğer deniz canlıları, leopar, deve, geyik, keçi, kuşlar, sürüngenler ve kızların tanıyamadığı hayvanlar vardı. Bu dünya bir peri kızının iki avucu arasında duruyordu. Binlerce yıldır dünyayı ellerinde taşıyan peri kızı, gözlerine bakınca canlandı sanki. Yüreğindeki hüznü akıttı onlara.

Odadan geçilen ikinci bölmenin duvarları, yemek sahnesi tasvirli mozaikle kaplıydı.

Mozaiğe, kocaman bir masada duran çanaklar, içki dolu toprak bardaklar, seramik testiler işlenmişti.

Resimdekilerin ayaklarında o dönemin insanlarının giydiği sandaletler ve sarındıkları kumaşlar görülüyordu. Kadınların takıları bin bir renkte taştan işlenmişti. Bu insanlar toprağın altında bambaşka bir dünyayı yaşıyor gibiydiler.

"Kazı yapanlar burayı bulamamış olamazlar, değil mi?" diye sordu Birce. Işıl öylesine ürkmüştü ki yanıt vermedi. Buradan kurtulmaktan başka şey düşünemiyordu.

İkisinin de soluğu hızlanmış, alınlarında ter damlacıkları birikmişti. Sessiz, soğuk ve karanlık, esrarengiz tünele geri dönmek zorundaydılar. Sonsuza kadar terk edilmiş gibi görünen bu odada daha fazla kalamazlardı.

Işıl yalvaran, titrek bir sesle konuştu:

"Birce lütfen geri dönelim. Burası tehlikeli olabilir!" Karnı ağrıyormuş gibi iki büklüm olmuştu.

Birce içerinin sessizliğini dinledi, derin derin kokladı. El fenerinin ışığını mozaiklerde gezdirdi.

"Heyyy... Şuraya bak!"

Işıl'ın hiçbir yere bakacak hâli kalmamıştı.

"Belki de buraya hiç gelmemeliydik, hadi n'olur Birce, gidelim."

Gecenin bu saatinde kimseye haber vermeden ortadan kaybolmaları dikkatleri çekerdi. Birce, Işıl'ın çağrısını bu yüzden kabul etti. Buyurgan bir sesle,

"Geri dönüyoruz öyleyse!" dedi.

Aslında buradan ayrılmayı hiç istemiyordu. Aynı yolan geri dönüp gizli geçidin ağzına geldiler.

"Tamam! Ben sıçrıyorum." dedi Birce.

Birce artık dışarıdaydı. Işıl bir türlü gelemiyordu. Eğilip elini ona uzattı. O da Birce'nin elini yakaladı.

"Hadi sıçramaya çalış!"

Işıl bir türlü çıkamıyordu. Söylenmeye başladı:

"Ayyy... Kim dedi buralara girin diye?"

"Sus! Sus da zıpla!"

"Tamam, tamam..."

"Oh, sonunda!"

Birce, Işıl'ı yukarı çekti. Işıl, dehlizin ağzının kenarlarına tutunup bütün gücünü kollarına vererek kendini dışarıya attı. Nefes nefese kalmıştı, bacakları titriyordu.

Geçidin kapağını kapatmak üzereyken bir ses duyuldu:

"Ağır olun bakalım!"

Birce sıçrayarak bağırdı:

"N'oluyor ya!" Işıl'ın boğazından bir çığlık tetiklendi.

Aktan, siyah taşın başında onları bekliyordu.

Birce ve Işıl kendilerine gelebilmek için yere çöktüler. İkisinin de elleri, kolları, bacakları çizik içinde kalmıştı. Tir tir titriyorlardı.

"Sen kendini ne zannediyorsun Aktan? Ne arıyorsun burada? Ödümüzü patlattın!"

"Asıl siz ne dolaplar çeviriyorsunuz? Sizi izledim, o taşı nasıl kaldırıp alt kata indiğinizi gördüm. Konuştuklarınızı da duydum."

Birce elini kolunu sallayarak konuştu:

"Sen hayal görüyorsun, biz hiçbir yere gitmedik, burada oturduk. Dolap molap çevirmiyoruz."

"Yok canım, sana mı inanayım, gözlerime mi?"

Işıl sakinleşmek için derin bir nefes aldı.

"Yok canım bir şey. Sıkıldık buraya geldik işte."

Aktan alaylı alaylı konuştu. Parmaklarını gererek kütürdetti.

"Yok canım, ben de inandım! Geceleri kazı alanına girmek yasak, bu biiiiir, siz oraya buraya girip gizli işler çeviriyorsunuz, bu ikiiiiiii..."

Işıl derin bir of çekti.

"Sen ne diye izliyorsun bizi?"

"Ahmet abiye geceleri buralarda işler karıştırdığınızı

söyleyeceğim. Belki de siz eski eser kaçakçılarıyla ortaklık yapıyorsunuz, ne bileyim?"

"Ağzından çıkanı kulağın duysun!"

Aktan, kararlı görünüyordu. Açıklama beklediği ısrarlı bakışlarından anlaşılıyordu. O sırada Cerenimo yanlarına geldi.

"Bir sen eksiktin!" dedi Birce.

"Gidelim buradan, Aktan'ın sayesinde herkes başımıza toplanacak."

Işıl, Birce'nin kulağına eğilerek,

"Taşı yerine koymadan gidemeyiz." dedi.

Birce havayı tekmeleyerek çenesini kaşıdı. "Şansa bak!" diye mırıldandı. Ani bir kararla Aktan'a döndü ve dedi ki:

"Bu gizemi sana anlatacağız; ama kimseye söylemeyeceksin!"

"Kazı evindekilerden bir şeyler saklıyorsunuz."

Işıl şaşırmıştı. Umarsız bir iç çekişle sordu:

"Birce, her şeyi mi anlatacağız?"

"Kapat şu el fenerini, dikkat çekeceğiz! Nasıl olsa ay ışığı var." dedi Aktan dost bir sesle.

El fenerinin taşlar üstünde dans eden ışığı kaybolunca karanlık bir deliğin içine girip kaybolmuşlar gibi bir duyguya kapıldılar. Aktan kesik kesik güldü.

"Tutun şu taşı da koyalım yerine."

Dehlizin ağzını birlikte kapattılar.

Birce, Aktan'ı dirseğinden tutarak hamamın dışına çekti, anıt çeşmeye doğru yürüdü. "Çok gizli bir şey anlatacağım." diye söze girdi. "Sana güvenebilir miyiz?"

Aktan bir kaşını kaldırarak,

"Sonuna kadar güvenebilirsiniz." diye yanıtladı. Birce'nin kaşları çatıldı, ciddileşti.

"Aslında her şey o masal kitabıyla başladı..." diye anlatmaya başladı ve olayı özetledi.

Gözleri fal taşı gibi açılan Aktan'ın kafası iyice karışmıştı. Işıl gülümsedi. "Gilman'la, Birce ilk anlattıklarında ben de zor kavramıştım! Yarına kadar anlarsın."

Aktan omuzlarını silkti.

"Ne var bunda anlayamayacak! Masalı gerçek sanıp bir şeyler aramaya başlamışsınız işte."

Işıl belli belirsiz gülümsedi. Çevrede kimsenin olmadığından emin olmak istercesine sağa sola bakındı. Alçak sesle,

"Ben de senin gibi düşünmüştüm; ama önce masalı okumalısın. Sonra da şifreyi görmelisin." dedi.

Birce söyleneni doğrulamak istercesine başını salladı. Aktan yutkundu: "Ne şifresi?"

Uzaktan, Ahmet beyin sesi duyuldu:

"Kim var orada?".

Aktan sesindeki heyecanı örtülemeye çalışarak,

"Biziz Ahmet abi, geliyoruuuz!" diye bağırdı.

Çardağa vardıklarında Ahmet Bey elindeki gazeteyi bırakıp onlara bir bakış attı. "Bu saatte kazı alanında dolaşmamanız gerektiğini söylememiş miydim?"

Birce korkuyla titredi. Ahmet abi neyin peşinde olduklarını anlamamalıydı.

Gerekçe bulmaya çalışan bir ses tonuyla,

"Evet, biliyoruz ama... Işıl kolyesini düşürmüş de..." dedi.

Işıl donup kalmıştı. Ahmet Bey birkaç saniye sessizce baktı yüzlerine.

"Bu karanlıkta kolye mi bulunur, sabah olsun bakarsınız." dedi.

Işıl, Birce'ye dikkatle bakarak başıyla "odaya gidelim" işareti yaptı. Ahmet Beyi başlarıyla selâmlayıp koşarcasına uzaklaştılar.

Aktan, Birce'nin omzuna belli belirsiz dokundu.

"Kitabı bana bu gece verseniz iyi olur. Sabaha okumuş olurum."

"Bu gece veremem, çözmemiz gereken şifreler, anlamamız gereken cümleler var. Yarın sabah İlya'nın kıyısına gider, beraber okuruz."

"Bu gece uyutmayacaksınız beni."

"Sana ceza! Bizi korkutma cezası."

Odalarına gittiklerinde saat epeyce geç olmuştu, Arzu çoktan uyumuştu. Çevrede, ısrarla vıraklamaya devam eden kurbağaların sesi dışında hiç ses yoktu.

ON ALTINCI BÖLÜM

Odada cılız bir ampul yanıyordu. Sarı yemenili, sümbül kokulu nine, bakışlarını kerpiç duvarda asılı halıya dikmiş, divanın üstünde öylece oturuyordu.

Gilman'ın sorduğu sorular, aralarında dağ olmuştu sanki. İkisi de gözlerindeki uykuyu silmişti. Çakal ulumaları gecenin sessizliğine düşüyordu.

"Amma da cayırtı kopardılar bu gece..." dedi nine. Yerinden kıpırdandı, ayağını altına topladı. Titreyen elleriyle Gilman'ın saçlarını okşadı.

"Çiçeğim, Gilman'ım vazgeç bu sorulardan. Bak, anan güneş doğmadan kalkar, ekmek pişirir, yağ toplar, su taşır. Kurban olayım, hadi yat da sabah kalkıp ona yardım et. Bir lokma hayrım yok, bari sen el ver garibime."

Gilman'ın yüzü gerildi. Ninesinin eteklerine yapıştı.

"Bana hiçbir şey anlatmadın ama. Küsücem valla!"

"Tövbe de çiçeğim. Nineye küsülür müymüş?"

Yüzünde yılların hüznüyle, dudaklarını Gilman'ın saçlarına sürdü.

"Hadi kuzum uyu..."

İyi biliyordu; Gilman bir şeyi tuttu mu koparırdı.

"Bak!" dedi Gilman, ninesine iyice sokularak, "Elleri kınalı dolunay masalcısı sensin, biliyorum. Bu masalı bildiğini de biliyorum. Bana ne anlatacaksan anlat nine."

Nine bir şey hatırlamak ister gibi gözlerini yumdu, bedenini kıpırdattı. Ağrıyan ayağını altından alıp dümdüz uzattı.

Yıllar önce kendi ninesinden dinlemişti gizli geçidin masalını. Bunca yıl sonra anımsamak istemedi o kötü anıyı. Ninesinden masalı dinledikten sonra başlarına gelenleri Gilman'a anlatıp atlatmamakta kararsız kaldı.

Kapının tıkırdamasıyla ikisi de irkildiler.

"Kim o?"

"Benim!" dedi Pülmüz. Kapıdan başını uzattı. "Kalktıydım, sesinizi duydum, neden uyumadınız?"

"Tövbe tövbe... Uyuruz şimdi. Git yat!" dedi nine.

Pülmüz söylenerek kapıyı örttü.

"Ninecim hadi n'olur, anlat şu bildiklerini!"

Ninenin doksan yedi yıllık gözleri, pencereden yıldız ışıklarına baktı ya... Seçemedi uzakları, düşünceleri donakaldı.

Gilman anlamıştı, ninenin bellek sandığının açıldığını. Sustu, çakalları dinledi.

"Ben de bunu ninemden dinlemiştim." diye iç geçirdi nine. Durup düşündü, sonra devam etti sözlerine.

"Yalnızca dolunaylı gecelerde anlatırdı masallarını. Ben de ona benzemişim.

Dolunayda, dünya sanki gözümde küçülür, masallara giden köprüler büyür. O masalı bana bir kez anlatmış, 'Bunu yaşamı boyunca bir kez anlatabilir insan.' demişti ninem. Neden böyle söylediğini anlayamamıştım önce.

Başıma gelen o olaydan sonra anladım ve bu masalı kimselere anlatmadım. Şimdi bana söz ver, kimseye anlatmayacaksın sana anlatacaklarımı."

Bu, Gilman için verilmesi zor bir sözdü:

"Ama, masal kitabı benim değil ki, arkadaşımın. Hiç olmazsa ona anlatmalıyım öğrendiklerimi."

"Bu, yüzyıllardır topraklarımızda söylenen; ama yalnızca dolunay masalcılarının bildiği bir masaldır. Eğer sana anlatırsam artık sen de bir dolunay masalcısı olacaksın. Kimseye anlatmamalısın. Anlatacağın kişi de dolunay masalcısı olur çünkü."

"Bunun ne zararı var? Masalcı olmak kötü değil ki..."

"Masalcı olmak kötü değil ama, masalları yaşamayı ister miydin?"

"Nasıl yani?"

"Dolunay masalcısı, anlattığı masallardan birinin içine

girer. Ama bu, yaşamında bir kez olur. Hangi masalı yaşayacağına kendi karar veremez. Geri dönebilirse ve o masalı kime anlatırsa o kişi dolunay masalcısı olur. Kimisi de geri dönemez. Geri dönemeyenler masalı yüzeyden gören, içindeki gerçeği anlayamayanlardır."

"Bana sorsalar pastadan evlerin olduğu masallara girerdim. Ayyy, canım pasta istedi yine. Babama söyleyelim de yarın Bergama'dan pasta getirsin!"

"Annene söyleriz, o börek açar."

"Börek demedim, nine ya! Pasta, hani şöyle kremalı falan... Eeee, yani sen bu masalın içine girip kurtulanlardan mısın?"

Nine bellek kutusunu karıştırmaya devam ediyordu. Gözlerini kısarak anlattı:

"Evet, bizim köyün altında çok eski zamanlarda büyük bir şehir olduğunu çocukluk arkadaşım Sakize'den duymuştum. Merak edip nineme sorduğumda, 'Ağzından çıkanı kulağın duysun, o ne biçim uydurma öyle.' diye beni azarlamıştı."

Nine, devam etti:

"Dolunaylı bir gecede anlattı bana masalı. Şimdilerde Alyanoi'nin olduğu yerde gizli bir kapı varmış. Bu kapı yer altı ülkesine açılırmış. Antik çağların sırları burada saklı dururmuş. İçeride gözleri alev alev parlayan, ak bedenli, bilge bir su perisi yaşarmış. Peri suyun başını tutmuş, yeryüzüne ulaşan suları çağlar boyu sevgi ve şifa ışığıyla yıkayıp gönderirmiş. Onu yalnızca Mavi Zamanlar'ın Dolunay

Masalcısı tanırmış..."

Gilman, ninesinin sözünü bir çığlıkla kesti:

"Neee... Mavi Zamanlar'ın Dolunay Masalcısı mı?"

"Sus kurban olayım sus! Şimdi anan gelip kızacak yine! Niye şaşırdın ki böyle."

"Hiiiiç..."

"Mavi Zamanlar'ın Dolunay Masalcısı yeryüzüne öyle bir armağan bırakmış ki, bu armağanı bulan kişi su perisinin evine girebilen ikinci kişi olacakmış. Yer altı ve yer üstü ülkelerinin dirliğini, düzenini bozmaya çalışanlar onu canından, ülkesinden koparmaya çalışanlarmış. İşte bu kişi dağların ardındaki umut gibiymiş yeryüzü için. Ama onu da masaldan geri dönememek gibi bir son bekliyor olabilirmiş."

"Nine bilmece gibi anlatıyorsun. Kafam karıştı. Yani bu sırrı çözen kişi ölebilir mi diyorsun?"

Ninenin gözleri bulanıktı. Ağaran saçları ter içinde kalmıştı. Ellerini yummuş, kımıldamadan oturuyordu.

"Evet, aynen anladığın gibi. Mavi Zamanlar'ın Dolunay Masalcısı hamamın gizinden söz etmiş. Bunu yüzlerce yıl çözememiş insanoğlu. Masaldır diye gülüp geçmişler. Ama ninem de bana anlatırken bunun masal olmadığını biliyor gibiydi sanki. Çocuk aklımla soramadım ki...

Ne zaman Alyanoi kazılmaya başladı, benim masalım o toprağın altından çıktı. Kimselere anlatmadım.

Geçen yıl Pülmüz kazıda çıkan su perisi heykelini anlatırken ben heyecandan ölüyordum. Hiç birinize belli etmedim. Masalın içine girmeyi istemiyordum. Bu yaştan sonra geri dönebilmem çok zordu. Ama ninemin doksan yıl önce anlattığı su perisinin ikizini bulduklarını anlamıştım."

"Neeee! İkizi mi? Aynen böyle yazıyordu orada da..."

"Nerede?"

"..."

"Benden sakladığın şeyi anladım. Arkadaşlarının sana anlattığı gizli geçit masalını bir yerde okudun, öyle mi?"

"Öyle de denilebilir."

"Bak kuzum, bu masal yazılı olamaz, sadece Dolunay Masalcıları sözlü olarak anlatırlar. Bir tek yazılı olduğu yer var, o da Mavi Zamanlar'ın masalcısının yazdığı. Onu da kimse bulamaz artık!"

Gilman izini sürdüğü şeye yaklaştığını anlamıştı. Heyecandan bacakları titriyordu, tuvaleti gelmişti.

"Nine senin başına ne geldi masalı öğrenince?"

"Ben meraklı bir çocuktum. Masaldaki gizli geçidi bulmak için günlerce uğraştım. Her yanı aradım. O zamanlar şimdiki kazı alanı çalılıktı. Bir gün çalılıklar arasında dolaşıp işaretli taşı ararken beni yılan soktu. Günlerce ölümle pençeleşmişim. Zor kurtarmışlar. Ninem bir daha bu masalı ağzıma almamı yasakladı. O gün bugün, kimseye anlatmamıştım."

"Şeyyyy... Hangi işaret bu nine? Hani o aradığın işaretli taş?"

"Ninem masalı anlatırken demişti ki; gizli geçidin ağzında

tekerlek izi olan taştaki işaretlerin aynısı var. Burada 'Dolunay Masalcısı' yazar. Gerçek Dolunay Masalcısına yol gösterir. Yer altı ülkesinin kapısını açar.

Sadece bu kapının girişinde dünyanın öte yanından gelen yeşil böceklere rastlanırmış. Bu böceklerin dünyanın altındaki tünellerle buraya geldiğini söylerler. Ben onları görmedim."

"Yaaa... Sen de tekerlek izi olan taşı aradın öyle mi?"

"Evet, onu aradım; ama çalılıklar arasında ne taş vardı ne de gizli geçit ağzı. Alyanoi; kazılana kadar bunun uğursuz bir masal olduğunu düşünüyordum. Fakat şimdi..."

Gilman için öyle çok şey aydınlanmıştı ki, hangi bilginin peşine düşeceğini kestiremiyordu. Yanlış yola, ayrıntılara girmemesi gerektiğinin ayrımındaydı. Demek Işıl'ın gördüğü minik yeşil böcekler bunlardı.

Ninesi taştaki işarette 'Dolunay Masalcısı' yazdığını söylemişti. Bu olabilir miydi? Harfleri düşündü. Sırasını bir türlü aklına getiremedi. Artık kuşkusu kalmamıştı, kırmızı kitap onları gizemli geçide kadar getirmişti. Peki bu geçit nereye açılıyordu?

"Uyyy... Uyuşmuş ayaklarım, tut beni de kimseyi uyandırmadan azıcık kapının önüne çıkalım. İçime öyle bir fenalık geldi."

Gilman ninesini iki koluyla sarmalayıp kaldırdı. Avluya çıkıp tahta iskemlelere yan yana oturdular. Gilman bir anda dışarısının ne kadar aydınlık olduğunu fark etti.

"Nine! Şuraya bak, bu gece dolunay var!"

Ninesi gülümsedi.

"Hayır, dolunaya var daha. Bana bak çiçeğim. Anlatmayasın benim masalı kimseye, o taşı aramaya kalkma!"

Gilman aynı masalı başkalarının da biliyor olabileceğini söylediğinde ninesi kaşlarını çattı.

"Bir ormanda birbirinin aynı iki ağaca rastladın mı hiç? Dalları, yaprakları, gövdeleri başka başkadır. Ormanda yolunu yitirmiş biri onların farklarını göremediği için kaybolmayı hak etmiştir belki de... "

Gilman onun ne demek istediğini anlamıştı. Ağabeyi de ninesi gibi hep böyle bilgece konuşurdu. Onu özlediğini duyumsadı. Okulu yüzünden bir aydır İzmir'den gelememişti.

"Nine abime de anlatmadın mı bu masalı?"

"Delirme kız! Sen, ben... Başkası bilmeyecek! Yoksa bütün köyü, gizli geçit aratmaya mı niyetlendin? Bereketimizi mi kurutacan?"

"Hayır, bunun tehlikeli olduğunu anladım nine. Peki ya bu geçidi birileri bulduysa?"

Nine kendinden emindi.

"Bulsunlar, tılsımlı kente giremezler ki..."

Gilman'ın yüreği korkulandı.

"Ne tılsımı?"

"Kurban olsun ninen sana... Hadi giriyoruz içeri. Uykum geldi."

"Nine masalın gerisini anlatmadın! Tılsımlı kent neresi?"

Ninenin uykusu gelmişti. Tek sözcük daha konuşamayacaktı. Gilman bu bilgiyle yetinmesi gerektiğini anlamıştı. Masalın geri kalanını belki bir başka gece dinleyebilirdi.

Sesi, Gilman'dan önce vardı kazı evine.

"Heyyy, çok önemli şeyler var kızlar!"

Birce ve Işıl durumu nasıl açıklayacaklarını bilmiyor, onu almadan geçide gittikleri için kendilerini suçlu hissediyorlardı. Tam o sırada Aktan geldi yanlarına. Onların bir şey söylemesine fırsat vermeden kollarını çaprazlayıp alçak sesle, "Artık ben de her şeyi biliyorum Gilman Hanım!" dedi.

Birce onu omuzundan yakaladı.

"Bu konuyu sonra konuşsak iyi olur." dedi.

Tam o sırada yanlarına Bülent geldi.

"Bugün televizyon çekimi için bir grup gelecek. Sizlerle de konuşacaklarmış. Kaybolmayın ortadan."

"Yaşasın, Ece beni televizyonda görecek!" dedi Birce.

"Yalnız Ece mi, herkes bizi seyredecek, amma da havalı!" dedi Işıl.

Sonra, hızla düşünüp yeniden konuştu:

"Çocuklar akşama kadar kazı alanında çalışanlara yardım edelim, akşamüstü İlya'da buluşuruz."

Gilman'ın içi içine sığmıyordu.

"Hayır! Asla bekleyemem, çok önemli şeyler var!"

"Ben de bekleyemem." dedi Aktan.

"En iyisi, dağ yürüyüşü yapacağımızı söyleyip dağa gidelim. Orada konuşuruz." dedi Birce.

Işıl yuvarlak yüzünde beliren kaygıyla,

"Ayıp olmasın, televizyondan da geleceklermiş." dedi.

"Ayıp olmaz, Bülent abi çanı çalar, anlar geliriz." dedi Gilman.

"Birce yardıma ihtiyacım var!"

Arzu'nun seslendiğini duydu. O yana baktı. Arzu, elinde bir tuvalet fırçası tutuyordu.

"Geliyorum Arzu abla!"

Birce istemeyerek gitti. Arzu söyleniyordu:

"Motorda bir sorun var herhâlde, tuvalete su gelmiyor. Taşımamız gerek. Sabahtan beri kaç kişi girip çıktı, kimse de ağzını açıp söylemedi, su yok diye. Tuvalet nöbetçisinin canı çıksın, ne olacak!"

"Ben sana su taşırım. Temizleriz." dedi Birce. Bu işten hoşlanmadığını belli etmemeye çalışıyordu.

Aktan da sundurmanın altında tamirat yapan Bülent'in yanına giderek yorgun bir sesle,

"Bülent abi yardım edeyim mi?" dedi.

Bülent ona yorgunluğunun nedenini sordu. Aktan sabaha kadar uyumadığını söylemek istemedi.

"Bilmem, dağ havası çarptı galiba." diye geçiştirdi.

Bülent bir sorun olup olmadığını anlamak için biraz daha üstüne gitti.

"Baş ağrın var mı? Bağırsaklarında bir sorun var mı? Kendini nasıl hissediyorsun?"

Aktan başını salladı:

"Hayır, çabuk toparlanırım, iyiyim."

Işıl'la, Gilman baş başa kalmışlardı.

"Işıl, şifrenin yazılı olduğu kağıdı getirebilir misin, bir sürprizim var!"

Işıl odaya koşup kağıdı getirdi. Gilman önce şifreye göz gezdirdi, sonra güçlü ve aydınlık bir sesle, "Şifre çözüldü." dedi.

"Nasıl yani?"

"Bak şimdi S,C,L,S,M,Y,N,L,D harflerin arasına sesli harfler koy."

Işıl okudu:

"SA-CA-LA-SA-MA-YA-NA-LA-DA"

"Madem ki çözemedin. Söylemiyorum. Hep birlikteyken söyleyeceğim." dedi Gilman.

Söylediği her söz Işıl'ın yüreğinde patlıyor, oraya buraya dağılıyordu sanki. Geçide girdiklerini Gilman'a nasıl söyleyeceğini bilemiyordu.

"Gilman sana bir şey söyleyeceğim; ama kızmak yok!"

"Bugün hiçbir şeye kızmam. Hep beraberken anlatacağım nedenini."

Gilman "hep beraber" dedikçe Işıl'ın içi oyulur gibi oluyordu. Söylemek gittikçe zorlaşacaktı. Arkadaşlarını beklemeyi düşündü; ama gerçeği daha fazla saklayamayacaktı. Boğulur gibi oldu, öksürdü:

"Şeyyy... Biz dün gece yanlışlıkla, geçide..."

Gilman'ın tepkisi beklediğinin tam tersiydi.

"Ne? Geçide mi girdiniz yoksa? Neler oldu, hadi anlat!" diye sevinçle çığlık attı.

"Evet, kızmadın mı?"

"Neden kızayım ki? Bugün de beraber gireriz."

"Şeyyy... Bir şey daha var. Geçitten çıkarken bizi biri gördü."

Kamptakiler Gilman'ın gözünün önünden geçti. Yanakları kızardı. Bu kötü bir haberdi. Ahmet abinin bunu duyması demek, belki de annesinin işine son verilmesi demekti. Böyle konulara bulaştığı için kendine de kızdı.

Kısık bir sesle sordu:

"Kim gördü sizi?"

Gilman'ın yanıtı onu bir anda rahatlattı. Aklına öyle kötü olasılıklar gelmişti ki, onları gören kişinin Aktan olduğunu öğrenince neredeyse sevinmişti.

"Kızmadın, değil mi?" dedi Işıl.

"Kızmadım da... Sırrı saklayabilecek mi?"

"Evet, Aktan sırrı saklamaya söz verdi. Bugün masalı ona da okutacağız."

"Şşşşt sus, Ahmet abi geliyor."

Alyanoi'nin yüreğinden fışkıran dört ince sütunu fotoğraf karesine oturtmaya çalışan televizyoncular, bir yandan da çocuklara ve Bülent'e sorular soruyorlardı.

Çocukların kazı alanında olması onları çok şaşırtmış,

yapacakları haberde bu konudan ağırlıklı olarak söz edeceklerini söylemişlerdi. Çekimler, söyleşiler yapıldı, ardından Pülmüz'ün pişirdiği lezzetli pizza yendi.

Çocuklar artık İlya'ya gidebilirlerdi. Kitabı yanlarına alıp çaya indiler. Ayakkabılarını çıkarıp ayaklarını buz gibi suya daldırdılar.

"Sabahtan beri öldük meraktan Gilman, şifreyi çözdün galiba." dedi Birce.

"Evet, dün gece ninem söyledi."

"Neeee!... Ninen şifreyi biliyor muymuş?" dedi Aktan şaşkınlıkla.

"Masalı okumadığı nasıl da belli oluyor." diye alay etti Işıl. Sonra açıklama yapma gereği hissetti:

"Şifreyi eli kınalı Dolunay Masalcısının bildiği, masalda yazıyordu." dedi.

Aktan dayanamayıp patladı:

"Siz şaka yapmadığınızdan emin misiniz?"

Işıl terslendi:

"Emin değilim! Işıl'ım!"

Gilman eline kalem kağıt aldı. Sessiz harflerin arasına sesli harfler yerleştirdi: "I-S-I-C-L-A-S-A-M-Y-A-N-U-L-O-D".

Şaşkınlık ve sessizlikle onu izliyorlardı.

"Şifrenin aynadan yansıyan görüntüsünün okunmasını istiyordu masal." diyerek gülümsedi Gilman.

Bir anlık sessizlikten sonra bir ağızdan bağırdılar: "DOLUNAY MASALCISI!"

ON YEDİNCİ BÖLÜM

"Dünyanın bu serüvenine katılmak isteyen niceleri, uykusuzluk ve korkudan yarım bıraktılar işlerini. Korkuyu doğuran, bilgisizliktir. Dünyanın keşfedilmemiş yerlerine gitmeye gerek yok mudur? Oralara ezgiler, kokular, renkler, bin çeşit canlı gider de, insanoğlu gidemez, ne yazık...

Dolunay masalcısının sözlerini çözemeseydiniz anahtarlarınız verilmeyecekti. Siz ki çözdünüz ilk şifreyi, artık bilgilisiniz.

İşte şifrelerin ikincisi: Ay yeryüzüne iyice yaklaşıp İlya'da ıslanınca çıkabilirsiniz yola.

Yaratıkların büyüklüğünü belirleyen şey ayın çekim gücüdür.

Çekime kapılan sular yükselir. Ay büyükken devleşir her şey. Bir zamanlar ay dünyaya yakınken oluştu dev bitkiler, dinozorlar. Çünkü çekim gücü çok kuvvetliydi.

Ay, şimdiki yörüngesine girince türedi senin boyutundaki. Kemiklerle dolu gizemli dehlizde bu dev yaratıkların kalıntıları var.

Sizi asıl bekleyen, kemiklerle dolu gizemli dehliz değil, soğuk ve karanlık olanı. Isı yükselecek gitgide... Bir günde dört mevsimi yaşayabiliyorsa artık insanoğlu, bulmalıdır üçüncü şifreyi!"

Masalın büyüsüne kapılmışken Birce'nin birden susması hepsinin sesini yükseltti.

"Aaaa... Devam et Birce!"

"Yorulduysan ben devam edeyim."

"Lütfen, kesme! En heyecanlı yerinde..."

Fark edemedikleri bir şey vardı; masal, şifreler tek tek çözüldükten sonra okunabiliyordu.

"Birce, bırak naz yapmayı, oku hadi!"

Birce okumaya çalıştı. Olmuyordu! Harfler iç içe giriyor, hareketleniyor, sayfaya bile sığmaz oluyorlardı. Kimi yanardağdan fışkıran ateş parçası, kimi tuzlu su gibi kaçıyordu gözlerine.

Ellerinin tersiyle gözlerini ovuşturdu. Karmakarışık, uçuşan harflere yeniden baktı. Bomboş sayfaya yerleşmelerini bekledi. Olmadı! Kitabı kapatıp işaret parmağını arka kapakla ön kapağı birleştiren yerde dolaştırdı. Kitap şimdi kırmızı bir kutu gibi görünüyordu.

Sayfaları karıştırdı, rasgele bir yer açtı. Harfler hoplayıp zıplamaya devam ediyordu.

"Arkadaşlar, gözlerimde bir sorun var galiba, iyi göremiyorum. Bir başkası devam etsin!"

Işıl, kitabı Birce'nin elinden kaparcasına aldı.

"Saçlarını toplasan sayfayı görebilirsin!"

"Saçlarımla ilgisi yok!" dedi Birce.

Işıl, hangi sayfada kaldıklarını bulmaya çalıştı. Bir türlü karar veremiyordu. Şu bu derken, yok orası değil, diye vazgeçip Gilman'a uzattı.

"Demek, kısa saçlılar da okuyamıyormuş." dedi Birce gücenmiş bir sesle.

"Bu masalı ne zaman baştan okusam okunmadık şeyler kalmış gibime geliyor. Her okuyuşta, daha önce göremediğim sözcüklerle karşılaşıyorum sanki. Her defasında yeni anlamlar akıyor yeryüzüne. Ne dersiniz? Baştan okuyalım mı?" dedi Gilman.

"Aslında çok iyi olur, sizler kim bilir kaç kez okudunuz. Ama ben daha okuyamadım." dedi Aktan.

"Aktan haklı! Masalın başını bilmeyen ötesine atlayamaz."

"Ne dedin sen?" diye bağırdı Gilman, Birce'ye.

"Masalın başını bilmeyen ötesine atlayamaz, dedim."

Gilman masalın gizemlerinden birini daha çözmüş, heyecanlanmıştı.

"Heyyy!... Masal bizi sınıyor. Bir çırpıda okutmuyor kendini. Birce'nin söylediği gibi; ötesine atlamamız kolay değil. Ayak diriyor. Şifreleri çözmedikçe, açılmıyor sayfalar."

Derin bir sessizlik oldu. Uzun uzun düşündüler.

Gilman:

"Bu masalın içi kat kat... Gelin baştan okuyalım arkadaşlar." diyerek ilk sayfayı yeniden açtı. Yüksek sesle okudu:

"Mavi Zaman içinde, eski hamam dibindeyiz. Masallar yüz yıllar, bin yıllar öncesindendir de ondandır 'Mavi Zaman' deyişimiz. Ne uzundur, ne kısadır, ustadır masalımız. Kapısını kendi açar, kendi kapar. Tadı bundan artar."

"Kapısını kendi açar, kendi kapar." diye yineledi Birce.

Her okumada bir başka şifre buluyorlardı. Demek, bu masalın tadı bir çırpıda okunmayışından geliyordu. Tıpkı yavaş okumayı gerektiren kitaplar gibi...

"Bir dakika Gilman, masalı baştan okumadan önce ikinci şifreyi bir daha düşünelim mi?" diye önerdi Işıl.

Gilman ikinci şifreyi ezberlemişti bile. Kitaba bakmaya gerek duymadan tekrarladı:

"Ay, yeryüzüne iyice yaklaşıp İlya'da ıslanınca çıkabilirsiniz yola."

Bu cümlenin anlamını hep birlikte düşündüler, heyecanlandılar, düş güçlerini çalıştırdılar. Kıpır kıpır, onları çağıran, yüz yıllar öncesinden gelen bu sözcükler neyin ipucunu vermeye çalışıyordu?

"Aslında anlıyorum da... Bölük pörçük hepsi." dedi Gilman.

"Sen anladıklarını söyle, belki hep beraber çözeriz bilmeceyi." dedi Işıl.

Gilman gözlerini İlya Çayı'na dikmişti. Hareketsizlikten uyuşan ayaklarını sağa sola salladı. Kuruyan dudaklarını yalayarak konuşmasını sürdürdü:

"Dünya evrenin bir kırıntısı; ama öyle gizemli ki..."

"Açıkça söylesene düşündüklerini!"

Birce, Aktan'ı başıyla onayladı. Işıl nefesini tutmuş, gözlerini kısmış, Gilman'ın söyleyeceklerini dinliyordu. Gilman:

"Bence ayın yeryüzüne en çok yaklaşması demek, dolunay demek. Dolunay zamanı ay alçak görünmez mi? Ay alçalır, denizler yükselir."

Işıl dikkatini toparlamaya çalışarak sordu:

"Ayın İlya'da ıslanması ne demek?"

"Onda anlamayacak ne var, İlya'ya yansıması anlamına geliyor. Biraz şiir okusan bunun anlamını çabuk kavrardın." dedi Aktan heyecanla.

Işıl'ın alnı kırıştı, kaşlarını çattı.

"Nereden biliyorsun şiir okumadığımı?"

Birce elini dudaklarına götürerek, sus işareti yaptı.

"Arkadaşlar bir dakika, sakin olalım. Gilman ne düşünüyor, önce onu dinleyelim!" dedi.

Gilman, cümleyi yeniden derinlemesine düşündü. Ninesinin sözünü ettiği tılsımlı kente bir adım daha yaklaştıklarını duyumsuyordu. Yanlış bir tahmin yapmaları demek, her şeye veda etmek demekti. Uzun uzun konuşup karara vardılar.

Ay ışığının en parlak olduğu gece, yani ertesi gece, İlya'da ayın iz düşümünün görülebildiği saatte gizli geçide girmeye karar verildi. Dolunay tüm sırları aydınlatacaktı.

ON SEKİZİNCİ BÖLÜM

Mısırlı Beta, iyi yönetilmiş, düzenli bir çalışma ve kesin sonuç istediğini Necip'e iletmişti.

Ona verilen ayrıntılı ve güvenilir bilgiler doğrultusunda, Alyanoi'deki gizli geçide zaman yitirilmeden ulaşılıp, dev kristal bulunacak, konumu değiştirilerek dünyanın manyetik alanında sapmalar meydana getirilecekti.

İş plânı yapıldı. İbrahim ve Selahattin sinyallerin geldiği gizli geçide girecekti. Hamit dışarıda gözcülük yapacak, Necip ve Reşat İzmir'de kalıp onlardan gelecek bilgileri bekleyecek, Mısırlı Beta'ya gelişmeleri bildireceklerdi.

Hamit ve Selahattin kazı sezonu boyunca kazanacaklarının birkaç katı ücret alacakları için bu öneriyi gözü kapalı kabul etmişlerdi. İkisi de gerçeği bilmiyor, burada hazine arandığını, çıkan hazineden pay alacaklarını sanıyorlardı.

Selahattin, el yazması haritayı, Tomy'nin yaptığı yer plânlarını ve radarla yapılan ölçüm çalışmalarının raporlarını, geçitte ilerleyebilmek için gerekli malzemeleri, Roma hamamının yakınındaki bir yerde toprağa, kimse görmeden gömmüştü.

Tomy, sismik araştırmaları sonucu, burada kazılmış bir tünel saptadığını ve gizli geçidin inşası sırasında havalandırma sorununun çözülmüş olacağını söylemişti. Yani geçitte oksijensiz kalma tehlikesi yoktu. Alınlarına takacakları madenci fenerleri, aydınlatma için yetecekti.

Hazırlıklar tamamdı. Şimdi, haritadaki koordinatların gösterdiği ve sinyallerin alındığı kapıdan girmek kalıyordu geriye.

Hamit kıvrıla kıvrıla uzanıp giden toprak yolu bisikletiyle hızla geçip sabaha karşı saat üçte kazı alanına geldi.

Çevreyi dikkatle kolaçan etti. İç geçirir gibi inleyen rüzgârın sesi dışında hiç ses yoktu. Ortalıkta gezinen Cerenimo onu tanıdığı için sesini çıkarmadı; ama bakışları, "Bu saatte burada ne arıyorsun?" der gibiydi. Hamit'in verdiği ilâçlı mamayı iştahla yer yermez ağzının iki kenarı aşağı kıvrıldı, gözleri kapandı, derin bir uykuya daldı.

Hamit'in gözleri korku ve sıkıntıyla kazı evini ve kazı alanını tarıyordu. Dikkatsizce bir hareket bütün plânın suya düşmesine yol açabilirdi. Herkesin uyuduğundan emin olunca İbrahim'in telefonunu çaldırdı. Bu, "gelebilirsiniz" demekti.

Biraz sonra İbrahim ve Selahattin, İlya'nın yanında belirdi. Çalılıkların ardına saklanarak buraya ulaşmışlardı. Hamit, dudakları titreyerek mırıldandı:

"Hadi çabuk girin dehlize, şimdi uyanıverecek bekçi!"

Tomy'nin hazırladığı plânda Roma hamamının altındaki gizli geçide açılan kapının yeri gösterilmişti. Geçidin yeryüzüne açılan kapısı olan siyah taşı yerinden çabucak oynatıp, içeri atladılar. Geniş basamaklı taş merdivenlerden bir solukta iniverdiler.

Hamit, toprağa sakladığı malzemeyi aşağı sarkıttı. Önlem olarak yanlarına yiyecek, içecek de almışlardı; fakat gerekeceğini düşünmüyorlardı. Aşağıdan gelen ıslık sesi, "geçidin kapağını kapat" anlamına geliyordu. Hamit, taşı yerine yeniden koydu. Ama içeriyle haberleşmede kolaylık olsun diye, bir köşesini aralık bıraktı.

Yalvaran bir ses tonuyla mırıldandı:

"Açtık başımıza bir iş ya... Hadi hayırlısı... Selo, çabuk gelin hemşehrim. Yakalanmayalım kimseye."

İbrahim ve Selahattin, taş duvarlı tünelde ilerlediler. Batıya giden yola saptılar. Ellerindeki plânda buraya kadar olan yol kayıtlıydı. Bundan sonrası onların işiydi.

Burası dar, basık bir mağara gibi başlamış; ama duvar tatlı bir eğimle gitgide yükselmişti. Ve giderek bir yer altı kentinin birbirine tünellerle bağlanan sokaklarına benziyordu.

Bazıları dar, bazıları geniş olan tünellerin çoğu ağzına kadar taş toprak dolu olduğu için en geniş yoldan ilerliyorlardı. İçerisi sıcak ve küf kokuluydu.

İbrahim başına taç gibi oturttuğu madenci fenerini kullanmaya alışıktı. Böylece feneri tutmak zorunda kalmıyor, iki eli de serbestçe çalışabiliyordu. Ama Selo, alnının ortasında kocaman bir ışık taşımayı hiç sevmemişti doğrusu, fener sanki başını sıkıştırıyor gibi geliyordu.

Fenerden daire şeklinde yayılan ışık çevreyi yeterince aydınlatıyordu.

"Bak, Selo... Şu tünelin ağzı duvar örülerek kapatılmış sanki." dedi İbrahim.

"Bir tekmede yıkarım abi! Belki de hazineyi oraya saklamışlardır."

"Ne hazinesi?"

"Aradığımız hazine işte!"

"Haaa... Evet, o daha derinlerde olmalı."

Selo hafif bir ıslık çaldı. Gözlerinde muzip balıklar zıpladı sanki.

"Hazineyi bulunca nasıl harcayacağım diye, insan ister istemez düşünüyor. Sen ne yapacaksın abi?"

"Önce bulalım, sonra harcanacak yer çoook..."

Yol burada ikiye ayrılıyordu. Nedenini bilmeden sağdakini seçtiler. Kulakları tetikte, gözleri kuytularda, ilerlemeye başladılar.

Şaşkınlıkları gitgide artıyordu. Yerlerde ihtişamlı bir sarayın devrilmiş sütunlarına benzer sütunlar vardı. Binlerce yıl önce oyulmuş olan bu tünel sonsuza uzanıyor gibiydi.

Kırık sütun yığınının arasında, ne olduğu anlaşılamayan, sadece ilk çağlara aitmiş gibi görünen sekiz on metre uzunluğunda hayvan kemikleri vardı.

"Üf abi be! Hayvan kemiklerini gömmek için mi yapmışlar bunca tüneli? Biz kazalım burayı desek ömrümüz yetmez. İnşaatçılar kim bilir kaç yılda kazdı burayı."

İbrahim, bu sorunun yanıtını hazırda tutuyormuş gibi, hiç duraksamadan yanıtladı:

"Belki de gelişmiş bir uygarlıkları vardı, nükleer enerji ya da benzeri ile açtılar."

Selo, omzunu silkti:

"Ne diyorsun abi ya! Bir şey anlamadım!"

İbrahim, Selo'nun sorularına katlanmayı baştan göze aldığından, sabırla anlattı:

"Fransa'da bir ısı matkabı görmüştüm. Taşları hızla eritiyordu."

Selo onun sözünü kesti:

"Olur mu abi, taşı delsen bile delinen yerden bir sürü taş, toprak çıkar. Buraların kazılmasından çıkacak olan kaya parçalarının miktarı yapay bir dağ oluşturmaya yeter. Buralardan çıkan atık kayalara, topraklara ne oldu?"

"Belki de tüneller, günümüzdekinden çok daha ileri bir teknoloji ile açılmıştır. Bölgede yığma kaya ve topraktan oluşan değil böyle bir dağ, küçük bir tepe bile yok."

"Biz nasıl kazıp kazıp el arabalarıyla atıyoruz başka yere. Bu adamlar nereye atmışlar?"

"Belki de ısı matkabı benzeri bir şey kullandılar. Bu matkapla delinen yerden hiçbir şey çıkmıyor. Aletin ucu taşı eritip delinen yerin iç yüzeyine presliyor. Hiç ses ve atık madde çıkmadan delme işini gerçekleştiriyor.

Bilim adamlarının köstebek gibi çalışacak büyük bir delicinin plânlarını hazırladığını ve bununla magma tabakasına inip örnek almayı düşündüklerini biliyorum."

"Böyle büyük taşlarda o yapılmaz abi! Amma da uydurmuşlar! Ne tabakası dedin? Mantar mı?"

"Magma dedim. Magma..."

"O nasıl bir şey?"

"Boş ver!"

İbrahim elindeki aletin ibresine baktı:

"Burada manyetik etki güçlü değil, dönelim. Diğer tünele bakalım." dedi.

Selo sırıttı.

"Dönelim abi, iyi olur! Kemikli dehliz açmadı içimi."

Aynı yoldan dönüp bu kez en geniş dehlize girdiler. Diğer tüneller aşağıya doğru ilerleyip genişlerken, bu tünel hem aşağıya hem yukarıya giden bir şehir görünümündeydi. Büyük bir kayanın ya da dağın altına kazılmıştı sanki. Şehir, toprak altına ve yukarıya, kayanın içine doğru ilerliyordu. Duvarlardaki köşeli taşlar, gitgide dümdüz, cam benzeri bir maddeyle kaplı gibi görünmeye başlamıştı.

Geniş tünelin aşağıya ilerleyen bölümünün sonunda kayaya oyulmuş yarı açık taş bir kapı vardı. Bu kapı, İbrahim ve Selo'yu tabanı mozaikle kaplı bir odaya ulaştırdı.

İlk anda gözleri kamaştı. Mozaiğin üzerindeki zümrüt yeşili, yakut kırmızısı yüzlerce renkli taştan, çevreye ışık demetleri fışkırıyordu. Alınlarını her oynatışlarında, fenerin ışığı ile, ardı ardına patlayan havaî fişekler gibi renkleniyordu duvarlar. Bu görüntü karşısında biblolar gibi hareketsiz kalıp etrafı incelediler.

Selo yürek çarpıntısını durdurmak için ayağını yere sertçe vurdu. "Abi iki saat sindire sindire bakıyorsun her yere, çok yavaş ilerliyoruz. Hızlı gidelim biraz."

"Hoop aslanım, ağır ol! Buraya geziye gelmedik, araştırma yapıyoruz. Elbet bakacağız her yana. Enerji hareketini sistemli inceleyerek varabiliriz istediğimiz noktaya."

Selo burada olmaktan hiç hoşnut değildi. Yine de, hazineye ulaşmak için telâşa kapılmadan beklemesi gerektiğini biliyordu. İçeri girdiklerinden bu yana korkudan, üç kez sıkışmıştı. Bir köşeye gidip tuvaletini yaptı.

İbrahim buradaki elektromanyetik alanı ölçtü. Elindeki kâğıda bir şeyler çizdi. Çömelip renkli taşların üstünde ellerini gezdirdi. Yüzeyi dikkatle inceledi.

"Buradaki yoğun enerjiye rağmen el yazması haritada gösterilen yer buraya hâlâ çok uzak olmalı. Daha incelememiz gereken çok şey var. Gel derinliklere ilerleyelim." dedi .

Selo gömleğini pantolonuna tıkıştırırken kuşkuyla, "Abi, yolu bulup geri dönebiliriz, değil mi?" diye sordu.

"Oğlum, niye aldık seni yanımıza, geçtiğimiz yolları sen ezberleyeceksin!"

Selo, ne olduğu anlaşılmayan bir şeyler homurdandı. İbrahim, cesur bir gülümsemeyle, kolunu onun omzuna attı:

"Merak etme, pusula çalışmasa da ben enerji yoğunluğuna göre çizim yapıyorum. Yolu kaybetmeyiz." dedi.

Bu odadan geçilen uçsuz bucaksız salonun duvarları mozaikle kaplıydı. "Pusulam artık çalışmıyor, manyetik etki burada çok güçlü." dedi İbrahim. Zaman kaybetmeden mozaikleri inceleyip elindeki kâğıda çizim yapmaya başladı.

Selo dev salonun gölgeli derinliklerini seçmeye çalışıyordu. Birdenbire soluk soluğa haykırdı. Vücudunun titremesine engel olamıyordu. Yüzü bal mumu gibiydi. Bütün kanı çekilmişti. Midesi bulanıyordu. Gözlerini ileri doğru dikmiş bakıyordu.

"Abi, şuraya bak!"

"Ne var, ne gördün?"

"Gel buraya! Gel hadi!"

İbrahim gözlerini kırpıştırarak ileriye doğru baktı. Görmeye çalıştı. Başındaki feneri eline aldı, ışığı ileri tutarak yürüdü.

Bir köşede hangi maddeden yapıldığı belli olmayan, toprak rengi masa, sandalye benzeri eşyalar vardı.

Sanki burada birileri yaşıyormuş izlenimi veren bu görüntü, aynı anda yüzlerce duygu yaşattı ona. Bir kent yok olmuşken bunların nasıl olup da düzenli biçimde kaldığına şaşırmamak elde değildi.

Masanın üzerinde yüzlerce yeşil, minik böcek yarım ay

biçiminde dizilmiş kıpırtısız duruyordu. İbrahim çenesini kaşıyarak düşündü.

Sonsuzluğa uzanan, gizemli yer altı kentinin neresinde olduklarını bile bilmiyorlardı. Kendi kendine sordu:

"Burası neresi?"

Selo omuzlarını silkti, ters ters baktı ve yanıt vermedi.

İbrahim az önceki sorusunun anlamsızlığını düşündü. Boş tünellerde ilerlemeyi umarken tuhaflıklarla dolu bir geçide girmeleri onu gerginleştirmişti. Dünyanın kaderinin, oradaki esrarengiz bilmecenin çözümüne bağlı olduğunu düşündü.

Sezgileri Selo'ya güvenmekle hata ettiğini söyleyince bir an duraksadı. Selo'nun yüz hatlarının gerisinde büyük korku ve pişmanlık ayrımsamıştı. Yine de, Selo ile ilgili duygularını bir yana bırakıp işine bakması gerektiğini düşündü.

Yeşil, tuhaf böcekler, kayarcasına masanın içine doğru akıp kayboldu. İbrahim masaya yaklaştı, titreyen elleriyle üstünü yokladı. Sanki elleri uyuşur gibi oldu. Orada kalakaldı. Heyecanını yatıştırmak için dudaklarını ısırdı.

Masanın nasıl bir maddeden yapıldığını anlayamadı. "Yumuşak ama sert, sıcak ama soğuk..." dedi kendi kendine.

Selo, şaşkın bir sessizlik içindeydi. Masanın yan tarafında böceklerin kaybolduğu ufak bir çekmece fark etmişti.

"Abi, bak! Masanın çekmecesi var."

"Evet gördüm, açayım mı?"

"Sen bilirsin abi! Böcekler oraya girdi galiba, elini ısırmasınlar."

İbrahim başını evet anlamında salladı. Masadan iki adım uzaklaştı. Elleriyle boğazına ve göğsüne dokundu. Uyuşukluk azalmıştı.

Sırt çantasından şerit metresini çıkardı. Metrenin ucunu çekmecenin kırık köşesine fırlatıp çengel gibi taktı.

"Öte dur!" diye uyardı Selo'yu.

Çekmeceyi uzaktan çekip açtı. Yetersiz ışıkta her şey bulanık görünüyordu. Selo el fenerini merakla uzattı çekmeceye.

"Abi!" diyen sesi duvarlarda yankılandı.

İbrahim'in kafası iyice karışmıştı:

"Bağırma da söyle, n'oldu?"

"Abi, bu çekmece duvardan çıktı!..."

"O da ne demek? Ne var içinde?"

"Abi masalar, sandalyeler duvardaki mozaikte işlenmiş. Karanlıkta biz onları sahi sanmışız. Ama çekmece gerçek!"

İbrahim az önce dokunduğu masanın gerçekliğinden o kadar emindi ki, bu bir resim olamazdı.

Yoksa resmin içine mi girip çıktım, diye düşündü.

"Aklımı kaçırıyorum galiba Selo. Ben o masayı, sandalyeleri burada sanmıştım!"

"Abi, ben de öyle sandım. Baksana amma da derinlikli yapmış adamlar mozaiği."

"Paris'te müzelerde de böyle resimler vardır. Karşısında bir süre durup bakınca sanki içindeymişsin gibi olur. Ama...

O çekmece açıldı. Yeşil böcekler nereye gitti peki?"

"Evet abi, çekmece resimden dışarı çıktı, içinde de bir şey var!"

"Bak bakalım, neymiş?"

Selo, elini yutmaya hazırlanan karanlık bir ağza benzeyen çekmeceye uzandı. Gök rengi gözleri kocaman kocaman açılmıştı. Korktuğu için İbrahim'in diline düşmek istemiyordu.

Şimdi hazinenin gerçek haritasını buluyoruz, ya da hazineyi, diye düşünerek kendini yüreklendirdi.

Çekmeceye elini soktu. Yüzyıllar boyunca oluşmuş tozun içindeki iri taş parçasına benzeyen soğuk cismi aldı. İbrahim'e uzattı.

İbrahim'in önsezileri doğru iz üzerinde olduklarını söylüyordu. Eline aldığı gri taş parçasını evirip çevirdi. Taş parçası, elinde tuttuğu metal şerit metreye yapışıverdi. İbrahim, bunun bir mıknatıs olduğunu o an fark etti. İyi ama, bu mıknatısla ne yapabilirdi?

"Bu mıknatısı çekmeceye geri koyalım. Dönüşte yanımıza alıp incelemeye götürelim." dedi.

"Neden şimdi almıyoruz yanımıza?"

İbrahim, "Ne gereği var boşuna yük taşımanın?" dedi, duraksayarak devam etti:

"Mıknatıs, enerji ölçen aletlerin göstergelerini saptırabilir. Nasıl olsa yerini biliyoruz. Bize gerekecek bir bilgi taşımıyor."

"Niye yapmışlar o zaman mozaiğin içine bu çekmeceyi?"

Aslında bu soruları İbrahim de kafasında evirip çeviriyordu; ama Selo sorunca dayanamıyor, sinirleniyordu.

Çekmeceyi dirseğiyle itip kapatırken, Selo'yu tersledi.

"Ne bileyim ben! Amma da çok soru soruyorsun."

Gözlerine dolan tozları ovalayarak çıkarmaya çalıştı. Gözleri karıncalanmış gibiydi. Onları çevreleyen karanlık sanki daha da koyulaşmıştı.

İbrahim çantasından çıkardığı şişeden bir yudum su alıp ağzını çalkaladı, yere tükürdü.

Ustalıkla işlendiği belli olan döşeme taşlı oda, ileri doğru kıvrılarak hafif bir eğimle devam ediyordu. Derinliklere iniyor olmalıydılar. Gölgeleri, sanki canlanıverecekmiş gibi gelen hayaletlere benzetiyor; ama birbirlerine bir şey söylemiyorlardı.

Yan duvarlardaki mozaikler yavaş yavaş yerini kabartma resimlere bırakmıştı. Yer yer kırılmış kabartmalar cilâlı gibi parlıyordu. Fenerlerinin ışığı kırık taşlardan oluşan bir yığının üstüne düştüğünde durdular, İbrahim'in gözlerinde şimşekler çaktı.

"Tüh yaaa! Şansa bak!"

"Yol kapalı galiba abi!"

"İyi ama, duvarlardaki mozaikler hâlâ devam ediyor. Devamı olmalı. Doğru yoldayız, güç gittikçe artıyor. Bak aletin değerlerine..."

"Ne anlarım ben aletten abi. Taşları çekip bir yana yığayım mı?"

"Evet, sırt çantalarını bırakıp şu yolu açalım. Manyetik enerji alanına yaklaşıyoruz."

Sırt çantalarını indirip işe koyuldular. Selo, taşları oynatmak için yeterince iri yarıydı. Bir yumruk atsa taşları parçalayacakmış görünüyordu. İbrahim ise tam tersine taşları kımıldatamıyordu bile. Bir kenara oturdu.

"Sen devam et Selo. Ben ölçüm yapayım."

Her yanından ter damlarken onun yan gelip yatması Selo'nun sinirini bozmuştu. Aslında, yolun başından beri bu duyguyu yaşıyordu. Dişlerini sıktı, var gücüyle işe koyuldu.

Selo, yerin altındaki sır dolu geçidin karanlığında o kadar uzun süre uğraştı ki, zamanı ölçemiyordu artık. Kirli gri pantolonunun paçasını sıvamış, gömleğini çıkarmıştı.

Yüzünde çamurlu bir ırmak gibi izler bırakarak şakaklarından ve sarı bıyıklarından süzülen ter damlalarını, elinin tersiyle sildi. Tuzdan yanan gözlerini kırpıştırarak sordu:

"Abi, bak bakalım saatine, kaç olmuş?"

"Yaklaşık altı saattir içerdeyiz. Yukarıdakiler kazıya başlamışlardır." dedi İbrahim.

Tek tek kaldırıp odanın ortasına yığdığı kayalara hiddetle bir tekme attı Selo.

"Bu hıyarlar olmasa, çoktan bulmuştuk hazineyi!"

Saçları sırılsıklam, her yanı çizik içindeydi. İnsanüstü bir uğraş vermişti yolu açmak için.

Kolunda bir gerilme hissetti, eliyle yokladı. Ilık bir ıslaklık değdi parmaklarına. Dirseğini yaralamıştı, kan geliyordu.

Elini yaraya kapatıp bekledi. Acıdan yüzü kasıldı. İçinden bir küfür savurdu koluna. Kanayan yere gömleğini sarıp işine devam etti.

Yarı yarıya toprağa gömülü taş yığınını yerinden oynatıp geçebilecekleri bir yarık açabilmişti. Kan ter içinde kalmış, gücünü tüketmiş ama başarmıştı. Derin bir "Oh!" çekti.

Önce sendeledi, sonra diz üstü çöktü. Avuçları sızlıyor, yaralı kolu ağrıyordu.

Döne döne havada uçuşan toz toprak taneleri burnuna kaçınca gürültüyle hapşırdı İbrahim.

Selo, korkudan yerinden fırladı. Acayip bir şeye bakıyormuş gibi gök rengi gözlerini İbrahim'e dikti.

"Abi, kazı ekibi yukarıda işe başlamıştır. Bunlar tepemizi kazıp da dünyayı geçirmesinler başımıza?"

"Olabilir, bir de bakmışın, Ahmet Hocanın eli omzunda."

Selo'nun şaka kaldıracak hali yoktu. İyice somurttu. İbrahim alaycı tavrını bir yana bırakıp ciddileşti. Binlerce yıllık bir tünelin içinde aynı kaderi paylaşan iki kişi olarak onunla alay etmemesi gerektiğini düşündü.

"Yok canım, olur mu hiç, biz çok derinlerdeyiz. Uzat bir bakayım koluna."

"Yok bir şey! Geçti." diyerek dirseğinde sarılı gömleği çıkarıp bir kenara attı.

"Devam edebilecek misin?"

"Yürüyelim abi, bu geceyi burada geçirecek değiliz ya! Bir an önce bulalım haritadaki hazineyi de dönelim artık."

"Haklısın, ben geçiyorum yarıktan, sen de arkamdan gel. Feneri birbirimizin yoluna tutalım. Karanlıkta uçmayalım bir yerlere. "

Önce sırt çantasını öbür tarafa fırlattı. Sürünerek öte yana geçti. Selo da arkasından geldi. Kıstırılmış kuşlar gibi çırpınıyordu ikisinin de kalbi.

Fenerlerini çevreye tutup incelediler. Gözleri iyice alıştığında derinlere inen bir merdivenin tepesinde olduklarını anladılar. Aşağı doğru kıvrılarak inen dik merdivenden nasıl yuvarlanmadıklarına şaştılar.

"Şansımız varmış." diye derin bir iç geçirdi İbrahim.

Biri üçüncü, öbürü birinci basamakta oturuyordu. Hemen toparlanıp dik merdivenlerden inmeye başladılar.

Havada buluta benzer bir duman vardı. Fenerin güçlü ışığına rağmen aşağısı sis örtüsüyle gizlenmişti. Gittikçe terlemeye, zor nefes almaya başlamışlardı. Taşlarla örülü tavan, neredeyse bir kol mesafesi yüksekliğindeydi.

"Abi, burası çok sıcak. Su içip dinlenelim." dedi Selo.

İbrahim durakladı: "Tamam, otur biraz. Baksana saat ilerlemiş. Bu gece dönebilirsek iyi."

"Abi, cep telefonun çalışır mı dersin? Hani arasak bir kere Hamit'i..."

"Yok yahu, çalışır mı hiç! Yerin kaç kat altındayız, haberin var mı senin?"

"Ne bileyim canım, deneseydik demiştim."

"Dikkat et, yerler kaygan olmaya başladı. Tökezlersen uçarsın aşağı."

Birbirlerine gereksinimleri olduğunu gitgide daha çok duyumsuyorlardı. Yalnız kalma korkusuyla ikisi de anlayışlı davranmaya başlamışlardı. Birbirlerini asla kaybetmemeliydiler.

"Ağzından yel alsın abi! Sen dikkat et." dedi Selo.

Bir daha geri dönememe düşüncesi ilk kez geldi aklına İbrahim'in. Ürperdi. Sanki merdivenler dalgalandı gözlerinin önünde. Düşmemek için çaba harcadı.

Kenarda tutunacak hiçbir yer olmaması işlerini güçleştiriyordu. Yan duvarlar da kaygan ve tutunulamayacak kadar düzgündü.

Diğerlerine göre genişçe olan basamaklardan birinde mola verdiler. İbrahim, delik deşik olmuş sırt çantasından aletini çıkarıp ölçüm yaptı. Çizimleri kâğıdına geçirdi.

"Vayyy!... Elektromanyetik alanın yüreğine gidiyoruz. Baksana, titreşimler her basamakta nasıl da artıyor." dedi.

Selo'nun sanki yaşamı boyunca hiç gülümsememiş gibi ciddî olan yüzü ilk kez yumuşadı. Çamurlu yüzü, sırıtan kirli dişleri ile korkunç bir maske takmış biri gibi görünüyordu. "Abi, hadi, son gayret! Alalım şu hazineyi de geri dönelim."

İbrahim kımıldayacak gücü kalmadığını anlıyor; ama sonuca bir an önce ulaşmak istiyordu. Başını lime lime olmuş pantolonunun dizlerine koyup Selo'ya yalan söylemekle iyi etmediğini düşündü.

Bu yalan, Mısırlı Alfa'nın fikriydi: "Projeden köylüye asla söz edilmeyecek. Aşağıda hazine olduğuna inansınlar, onları yanınıza almanın en kolay yolu bu." diye kesin emir vermişti.

Selo, beklediği gibi bir hazinenin olmadığını, başka amaçla buraya geldiklerini anlayınca, ne olacaktı? Alfa bu konuda ne yapacağını söylememişti. Ama bu işten kazanacağı büyük para için her şeyi göze alabilirdi İbrahim.

O an Selo ile göz göze geldiler. Gizlemeye çalıştığı bir ürkeklikle çevreye bakındı. Sesini çıkarmadan oturmaya devam etti. Uyku gözlerinden akıyordu.

"Hadi abi, kalkamıyor musun yerinden? Yolcu yolunda gerek."

"Uykun geldi mi senin de Selo?"

"Gelmedi abi. Aşağıdakileri düşününce adamın uykusu mu gelir? Kalk! Canlan biraz! Sonra hazinelere sarılıp uyursun."

İbrahim yutkunarak sessiz kaldı. Onun böyle konuşması içini acıtmaya başlamıştı. Karanlık, sessizlik ve yalnızlık "insan" yanını uyandırmıştı. Ama böyle önemli görevlerde nasıl davranılması gerektiğini çok iyi bilen biriydi. Ona gerçeği açıklamayı göze alamazdı. Gerektiğinde nasıl acımasız olabileceğini daha önceki işlerinde kanıtlamıştı.

Selo elini uzatıp, İbrahim'in kalkmasına yardım etti. İbrahim onun elini sımsıkı kavramıştı.

Derinlerden gelen titrek ışık merdivenin siyah taşlarını aydınlatıyordu. Yorgun gözleriyle önlerini seçmeye çalıştılar. Merdivenler basık tavanlı, görkemli bir alana açılıyordu.

Alandaki mavi renkli sütunlar kemerlerle birbirine bağlanmıştı.

Selo şaşkınlıkla, "Abi, mavi mermer görmemiştim hiç!" dedi.

"O, mermer değil, lapis denilen bir taş. İçinde altın zerrecikleri bulunur."

"Neee! Altın mı? Hazineye geliyoruz demektir!"

Alanın ortasında lapis basamaklarla inilen çok büyük bir havuz vardı. Lapisteki altın serpintileri, basamakları pırıl pırıl gösteriyordu. Havuzdan çıkan buhara bakılırsa içindeki su çok sıcaktı.

"Burada suyun ne işi var abi?"

"Yerin kaç kat altındayız oğlum, burada su olmayacak da nerede olacak?"

"Yoksa bu, Alyanoi'nin şifalı suyu olmasın!"

İbrahim sırıttı:

"Ta kendisi!"

"Havuz çok mu derin acaba?"

"Bilmem, girip dene istersen!"

"Dalga geçme abi ya, öff!... Sıcaktan buharlaşacağız nerdeyse."

İbrahim, havuzun yanına oturdu. Taşlar el yakıyordu.

Gözleriyle çevreyi tarayarak ortalığı aydınlatan fosforlu ışıltının kaynağını anlamaya çalıştılar.

Alandaki lapis sütunların üstüne beyaz kuvars kristali kullanılarak yeni ay şekli işlenmişti. Kemerlerin ortasında ise ay, kristal bir dolunay biçiminde çizilmişti. Büyüleyici bir görüntüydü.

"Bütün bunların bir anlamı olmalı. Ama bunları araştırmak için hiç zaman yok." dedi İbrahim.

Selo, eliyle kristalleri gösterdi:

"Abi, ışık bunlardan geliyor."

"Evet, onların iç enerjileri üretiyor bu ışığı. Binlerce yıl önce de kullanılmış demek!" dedi İbrahim.

"Nasıl yani?"

"Biz de teknolojide kristalleri enerji iletiminde kullanıyoruz. Lazer teknolojisinde yakut kristali kullanılıyor. Bilgisayar hafızalarında, ses ötesi tezgâhlarda, radyo frekanslarının kullanımında hep kuvars kristali kullanılıyor."

"Hiç duymamışım doğrusu." deyip dudak büktü Selo.

"Taşlar ve kristaller, gezegendeki bazı dengeleri değiştirmek için bile kullanılabilir. Kuvars dünyadaki en yaygın mineraldir."

Selo yine anlamamıştı. Bakışlarını ağır ağır çevrede dolaştırdı. Birden doğruldu. Bütün kasları ağrıyordu. Aç ve yorgundu.

Dikkatini ileride görünen karaltıya verdi. Havuzun karşısındaki yıkıntı, yeni bir dehlizin ağzına benziyordu.

Birbirlerine yakın, dikkatli adımlar atarak ilerlediler. Sıcaklık gitgide artıyordu. Taş duvarlar iyice pırıldamaya, gök kuşağının renklerini yansıtmaya başladı.

"Ucu bucağı olmayan kristal bir oda burası." dedi İbrahim. İçeride yavaştan esen sıcak bir yel dolanır gibi oldu. Dört bir yana bakındılar, nedenini anlayamadılar.

Kolonlardan birinin üstündeki göz kamaştırıcı kapıyı ayrımsadıklarında Selo haykırdı:

"Hazine dairesinin kapısına benziyor abi!"

Binlerce yıl öncesine ait altıgen mor taşlarla süslü kapı, yarı açıktı.

"Selo, bir bakalım, şu kapının ardında ne varmış?"

"Bakalım ama... Neden bu kadar karışık bu yer altı kenti, dönmemiz çok zaman alacak. Bunca sıkıntıdan sonra bari işe yarar bir şeyler bulsak..." diye yakındı Selo.

"Şu kapının üstüne iyi bak, ne görüyorsun?"

Selo, gözlerine inanamadı. Bu şey, burada ne arıyordu?

ON DOKUZUNCU BÖLÜM

Hamit sabaha kadar nöbet tuttu. Aşağıdakiler gelmeyince kaygılanmıştı. Kazı saati yaklaşınca oradan uzaklaştı.

Aklına bin bir olasılık geliyordu: "Selo, hazineleri alıp kaçsa... Olur ya... Bir daha köye bile uğramaz. Ah aptal kafam!" Aklına gelen kötü düşünceleri kovmaya çalışıyor, ne yapacağını bilemiyordu.

Cerenimo'nun gün boyu uyuklaması herkesin canını sıkmış, Ahmet Bey onu Bergama'ya veterinere götürmüştü. Döndüklerinde Cerenimo iyileşmişti; ama huzursuzdu. Sürekli havlıyor, onlara bir şeyler anlatmaya çalışıyordu.

Birce, Işıl, Gilman ve Aktan gün boyu plân yaptılar. O gece dolunayda geçide yeniden gireceklerdi. İçeride kullanabileceklerini düşündükleri gereçleri hazırlamış, kırmızı kitabı Birce'nin sırt çantasına koymuşlardı. Gilman, gece kazı evinde arkadaşlarıyla kalmak için annesinden zorlukla izin koparmıştı.

Arzu, yatağını o geceliğine Gilman'a vermişti. Odada kendilerinden başka kimse kalmayacağından yoklukları fark edilmeyecekti.

Aktan ise Mustafa ve Erman ile ayı odayı paylaşmak zorundaydı. İstemese de, yukarıda kalmayı kabul etmek zorunda kaldı.

"Dinle Aktan! Gecikirsek, ormana yürüyüşe çıktığımızı söyleyip davranışlarınla kazı evindekileri, merak edecek bir şey olmadığına inandırmaya çalışacaksın."

"Böyle demeyin! Geç kalırsanız nasıl oyalarım bunca insanı?"

"Kimsenin bizi aramaması için çaba göstereceksin o kadar. Sabah olmadan geliriz, hadiiii, gülümse biraz."

Ot kokuları, ılık meltemin büyüsüyle canlanıp Alyanoi eteklerinde nazlı nazlı dolandı bir süre; sonra uzak dağların doruklarına doğru yükseldi. Gecenin hiç beklenmedik bir anında, birden sabaha dönüştü sanki karanlıklar. Umutsuzlara umut, sevgililere aşk dağıtan, dev bir top fırladı ağaçların ardından; gitti gitti, ot kokularına bulanan dağın doruğuna durdu.

Masallara korku salan devin kılıcıyla budanmışçasına kesin ve düzgün hatları olan dağ, giderek yükseldi, yükseldi; deve karşı duran sihirbazın büyüsüyle çoğaldı, büyüdü sanki.

Gümüş rengi gece kuşları, kartal süzülüşüyle konuverdi hatları ay ışığıyla çizilmiş billûr dağın doruğuna. Yıldızları kulaçladı bakışları.

Mavi kanatlı kelebek, uyumayı unutan tırtıl, aydınlığa koşan pervaneler, sevgilisiyle ilk kez buluşmaya gidecek bir genç kızın heyecanını yaşardı her dolunayda. Tıpkı o gece olduğu gibi... Ay ışığı İlya'da yıkanırken, yer gök sus pus oldu. Ortalıkta çıt yoktu.

***

Çocuklar dehlizin kapağını açtıkları gibi içeri atladılar. Sonu görünmeyen tünelde ilerlerken heyecandan, sürekli birbirlerinin sözünü keserek konuşuyorlardı Geç kalmaktan korktukları için hızlı yürüyorlardı.

Tabanı, hünerli ellerin sabırla işlediği mozaiklerle kaplı odaya geldiklerinde, Gilman heyecandan küçük dilini yutacaktı.

Duvar resmindeki peri kızının avuçları arasına kocaman bir dünya çizilmişti. Dünyanın üzerinde de renkli taşlarla işlenmiş hayvan figürleri vardı. Gilman onları hayranlıkla seyretti.

"Gerçekten de anlattığınız kadar muhteşem!"

"Hadi gel, daha neler neler var, şuradaki odaya gidelim."

Duvarları yemek sahnesi tasvirli ikinci bölmeye geçtiler.

Gilman sesinin tonunu denetleyemiyordu:

"Heyyy!... Şuraya bakın! Sanki gerçek gibi..."

"Şşşşşt, Sessiz konuş." diye uyardı onu Birce.

Gilman işaret parmağını ileriye uzatarak sordu:

"Oralarda ne var?"

"Bilmiyoruz, biz buraya kadar gelip dönmüştük. Bundan sonrası sürpriz."

Birce kararsızdı:

"Yoksa öteki yoldan mı gitseydik? Geçen defa da gidemedik o taraftan."

"Delirdin mi sen! Buraya kadar gelmişken geri mi döneceğiz?" dedi Işıl.

Gilman, Birce'yi destekledi:

"Evet, o taraftaki yolun nereye gittiğine bakmamız gerek. Ya yanlış tarafa ilerliyorsak?"

Işıl sırtını duvara dayadı.

"O zaman siz gidin. Ben burada kalıyorum. Zaten fırın gibi sıcak, zor nefes alıyorum."

Birce, Işıl'ın sesini taklit ederek yineledi:

"O zaman siz gidin! Ben kalıyorum."

"Yapamayacağın şeyi söyleme, hadi gidiyoruz. İkiye bir kaybettin." dedi Gilman.

Işıl, Birce'ye sert bir bakış fırlattı:

"Bir daha taklidimi yapma Birce!"

Geri dönüp doğuya giden yola saptılar. Bu tünelin, odaya ulaşan diğer tünele göre daha ağır bir kokusu vardı.

İkiye ayrılan yolun başında durup sağdakini seçtiler. Yerlerde devrilmiş sütunlar vardı.

Ürkütücü sessizlikte Işıl'ın çığlığı patladı:

"Ayyyy... Kemikler var burada!"

Gilman serinkanlılığını yitirmemişti. Bir yanı tombulca, öbür yanı sivrimsi olan koca kemiğin pütürlü yüzeyine dokundu.

"Kemikse kemik... Bizim kemik odasında buradakinden daha çok kemik var."

Işıl gözlerini kemiklere dikmiş, sayıklar gibi konuşuyordu:

"Gidelim buradan... Kemiklerrr... Gidelim... Dehlize hiç girmemeliydik, ne yapacağız şimdi?"

Sonsuza kadar burada kalacaklarmış gibi bir duyguya kapılmıştı.

Birce, dirseği ile Gilman'ı dürttü. Alçak sesle, "Gerçekten korktu galiba." dedi.

Işıl bunu duymuş, daha da sinirlenmişti. Umutsuzluğu ile birlikte öfkesi de arttı. Sinirle elini midesinin üstünde dolaştırıyordu. Kesik kesik soluyarak kendi kendine konuştu:

"Yani siz zifiri karanlıkta bu korkunç kemiklerle karşılaşıp korkmadığınızı söylüyorsunuz, öyle mi? Çok hoş! Hatta... iç açıcı. Devam edin bakalım böyle yapmaya! Şimdi bayılacağım mide bulantısından."

Birce fenerin ışığını etrafta dolaştırdı. Masalla ilgili ipucu arıyordu.

"Haklısın Işıl, kızma lütfen. Ama biz buraya masalın gösterdiği yolda ilerleyebilmek için geldik. Belki burasıdır aradığımız yer."

Gilman sağı solu kolaçan ederken, birden aklına bir şey geldi.

"Birce, açsana şu kitabı. Bir şeye bakacağım."

"Neye bakacaksın?"

"Soru sorma da aç kitabı!"

"Açın da okuyun bakalım ne dediğini."

Birce kitabı sırt çantasından çıkardı. Feneri sayfalara tuttu.

"Ayyyy... Çok fena tuvaletim geldi!" diye sızlandı Işıl.

"Yap o zaman!"

"Nereye yapayım, tuvalet mi var burada?"

"Sen sütunların arkasında yap, biz bakmayız."

"Siz kitabı okuyun, tuvalet yaparken sesimi dinlemeyin sakın."

"Ay büyükken devleşir her şey. Bir zamanlar ay dünyaya yakınken oluştu dev bitkiler, dinozorlar. Çünkü çekim gücü çok kuvvetliydi.

Ay şimdiki yörüngesine girince türedi senin boyutundaki. Kemiklerle dolu gizemli dehlizde bu dev yaratıkların kalıntıları var.

Sizi asıl bekleyen, kemiklerle dolu gizemli dehliz değil, soğuk ve karanlık olanı. Isı yükselecek gitgide... Tek çare üçüncü şifre!"

"Gördünüz mü şeker hanımlar, bizi bekleyen burası değilmiş!"

"Haklısın Işıl. Hemen diğer tarafa gidelim. İyi ama üçüncü şifre ne?"

"Masalı okursak öğrenebiliriz. Hadi, devam et okumaya!"

Işıl ayağını yere vurdu:

"Ya, yapmayın şunu! Kemiklerin yanında okumayın. Öbür tarafta okuruz."

Birce at kuyruğunu sallayarak gülümsedi,

"Seni kıracağıma kafamı kırarım Işılcığım!

Duvarlarındaki cam pırıltılı taşlar, gözenekli oldukları için sürekli renk değiştiriyor, bazı yerlerde saydamlaşıp etrafa yıldız yağmurları saçıyordu. Bu yıldızlar, karanlığın içinde her zaman umut olduğunun muştusunu verir gibiydi.

Uzun dehlizden geçip mozaik tabanlı salona yeniden geldiler. Mozaiğe gömülmüş doğal taşlar gül pembeden kırmızıya, sarıdan maviye kadar her rengi barındırıyordu. Kimisinin içinde fosilleşmiş yosunlar varmış gibiydi. Köz ateşi gibi olanlar ise masallardaki ejderhanın gözlerini andırıyordu.

Renklerle bezeli mozaiğe bağdaş kurdular. Nereden bilsinlerdi zümrütlerin, mercanların, yeşimlerin üstünde oturduklarını...

Birce kitabı açıp okumaya başladı:

"Ey, yüreğinin yarısı içeride, yarısı dışarıda olan! Ne zaman güvenirsen masala, uzatacak başını üçüncü şifre..."

"Bu da ne demek? Kim güvenmiyor masala?"

"Ben anladım. Benden söz ediyor." dedi Işıl.

Birce okumayı sürdürdü:

"Yıldızlar, güneşler, gölgeler bile bilir ki, köleleşmek kötünün kötüsüdür. Onlar ki denizi çorba, gemiyi kepçe eder, yer, içer yine de doymazlar.

Kötünün kötüsü, Dolunay Masalcısının bir çuvaldız boyu ötesinde. Yakında yılanın kerevetine dolanacak. Masalımız dünyanın bereketli günlerine yetişecek.

Ey Dolunayın Masalcısı! Zümrüt kuşlarının odasındaysan eğer, yeşil billûr böcekleri derdine derman olur. Onlar su perisinin habercisidir.

Kır hayvanları gönülleri olmadan yol göstermezler kimseye. Altın tepside dolaşır, mercan kilimlerde uyurlar. Bastıkları yerde ardı sıra ışık bırakırlar.

Mavinin ortasında dünya güzelinin konağı var. Kaybolursa mor topu, bozulur dünyanın düzeni.

Hançer kının, ışık taşın yüreğinde. Taş yarılır, içinden güneşler uçar, yıldızlar dökülür. Görenlerin usu durur. Doğru yolu o buldurur."

Onlar düğümü çözedursun, harfler yine birbirine karıştı. Okunamaz biçime dönüştü.

"Arkadaşlar, buraya kadar! Gerisini okuyamıyorum!"

O sırada ayaklarının dibinde bir hareket gördüler. Nereden

çıktığı belli olmayan yeşil minik böcekler bir çember oluşturup durdular. Işıl'ın bir anda gözü karardı, içi bulandı. Birce'nin boynuna atıldı.

"Bunlar da neeee?"

"Sakin ol Işıl, bu böcekleri kazı alanında da görmüştün ya... Hiç zarar vermiyorlar. Demek yuvaları buradaymış."

Gilman böceklerin neden geldiklerini hemen anlamıştı.

"Arkadaşlar, bunlar bize yol gösterecek yeşil billûr böcekleri olmalı."

Buz gibi bir ürperti duyumsadılar. Işıl, titreyen sesiyle fısıldadı:

"Bakın! Duvara tırmanıyorlar."

Böcekler, canlı gibi görünen duvar resminin üstünde kayarcasına ilerlediler. Karşılarına korkunç bir şey çıkabileceği korkusuyla Işıl geri çekildi.

Yeşil böcekler resimdeki, üzerine kırmızı örtü serilmiş masanın kenarında durdular. Sanki örtüyü çekmek ister gibi her biri bir köşeye gitti. Cesaretini ilk toplayan Birce oldu. Duvara yaklaşıp resmi elledi. Gilman hemen bağlantı kurdu.

"Bunlar bize bir şey söylemek istiyor, bakın masadan ayrılmıyorlar."

Birce birden soluğunun kesilir gibi olduğunu duyumsadı. Titreyen parmaklarını resimdeki masanın üstünde dolaştırdı.

"Çekmecenin kenarında bir çıkıntı var! Sanki gerçek gibi."

"Kabartmadır." dedi Işıl.

Gilman elini uzatır uzatmaz elektriklenir gibi oldu. İçindeki korku dağları alabildiğine büyüyüp gitti. Masanın çekmecesi gıcırtıyla açılıverdi. Öylesine heyecanlanmışlardı ki, vücutlarından bir ter dalgası gelip geçti.

Gilman çekmeceyi gözden geçirdi. Birce sabırsızlanıyor, içinde ne olduğunu öğrenmek istiyordu.

"Çıldırdınız mı siz? Sakın dokunmayın ona!" dedi Işıl.

Gilman çekmeceye elini sokmaya kararlıydı.

"Bunu yapmazsak hiçbir şey öğrenemeyiz. Unutma! Yeşil böcekler gösterdi bu çekmeceyi bize."

Gilman kolunu uzattı. Fenerinin ışığını çekmecenin içine tuttu. Elini çekmecenin içine sokunca bir çatırtı duyuldu.

"Burada bir şey var!" dedi Gilman. Elini dışarı çıkardığında fal taşı gibi açılmış gözleriyle Gilman'ın tuttuğu gri taş parçasına bakakaldılar.

Işıl omuz silkerek kuru bir sesle konuştu:

"Hay Allah, değdi mi o kadar heyecana? Ufak bir taş parçası işte!"

Yeşil böcekler çekip gitmişlerdi. Çocukların keyfi iyice kaçmıştı.

"Yola devam edelim isterseniz, burada bir şey bulamadık." dedi Birce.

Gilman'ın aklında bir ışık yanıp söndü.

"Hayır, masalda anlatılan Zümrüt Kuşu odası burası. Bakın duvarlardaki yeşil kuşlara... Belki de ipucunu biz göremiyoruz. Eminim böcekler bir şey söylemek istedi."

Gilman'ın masalı bir daha okuma teklifi kabul edildi, Birce

son tümceleri yineledi:

"Hançer kının, ışık taşın yüreğinde. Taş yarılır, içinden güneşler uçar, yıldızlar dökülür. Görenlerin usu durur. Doğru yolu o buldurur."

Geçmişin karanlıklarının sakladığı sırlar, satırların içinden onlara bakıyordu. Bu kez ilk yorum Işıl'dan geldi:

"Taş yarılır demekle, bu geçidi anlatmak istiyor olmalı. İşte yarıldı, biz de içine girdik..."

Birce parmaklarını şaklattı:

"Heyyy... Sakın bu, çekmeceden çıkan taş olmasın!"

"Yani, onu yarmamız gerek öyle mi?"

Bir elin yumruğundan büyük olmayan gri taşı nasıl kırabileceklerini konuştular. Yanlarında bu iş için gerekli hiçbir alet yoktu.

Zor soruların kolay çözümleri de vardı. Gilman'ın elinden kayıp yere düşmesiyle taş ikiye bölünüverdi.

Gilman elleriyle yüzünü kapadı:

"Ayyy!..."

Birce ve Işıl bağrıştılar:

"Gilman, yaşasın, taş yarıldı! Muhteşem bir şey!"

Bu, eflâtun renkli saydam bir kristaldi. Gilman şaşkınlıkla, "Masal tümüyle doğru çıkıyor." dedi.

Gerçekten de kristalden yıldızlar, güneşler dökülüyor gibiydi. Taştan, olağanüstü güzellikte yumuşak ışınlar çıkıyordu.

"Gördünüz mü, haklı çıktım. Böcekler bize taşı buldurdu."

"Bulduk da ne oldu? Sanki aklı var da bize yardım edecek." diye dudak büktü Işıl.

"Sen masala inanmıyor musun hâlâ Işıl?"

Işıl duraksadı. Kaygı takılıydı sesine:

"Boş ver, inansam da inanmasam da bir şey fark etmez. Bu işin iyi sonlanacağından emin değilim."

"Buraya gelmeden önce böyle söylemiyordun ama!"

"Fikir değiştirmiş olamaz mıyım Birce? Ya kaybolursak, burada kim bulacak bizi?"

"Biz buraya iyi düşüncelerle geldik Işılcığım. Her şey iyi olacak. Ancak kötü düşünceler kötü sonuçlar doğurur. Sakın olumsuz düşünme!"

Canı sıkılan Işıl, Birce'yi yanıtlamadı. Çenesini avuçlarının içine almış, sonsuzluğa uzanan karanlığa dalmıştı.

Gilman yavaşça fısıldadı:

"Güçlü olmalıyız! Hadi, çok işimiz var daha. Masal bitmedi!"

Işıl'ın, masalın doğruluğu ile ilgili hiçbir kuşkusu yoktu. Tek sorun buraya gelmiş olmasından duyduğu pişmanlıktı.

Eflâtun kristal, salonun tabana yakın yerine yarık şeklinde bir ışık hüzmesi gönderiyordu. Bu ince uzun ışığı istemeseler de izlemek zorundaydılar, çünkü el fenerlerinin ışığından daha göz alıcıydı.

Düşünce akışı kadar hızlı bir zamanda, yan duvarlardaki mozaikler yerini kabartma duvar resimlerine bırakmıştı.

Birce gözlerini kırpıştırdı:

"Ne oldu böyle birden? Yürüdük mü biz?"

"Kristalin ışığı gözümüzü aldı, anlayamadık galiba. Baksana duvarların görünümü değişti bir anda."

"Aaaa!... Baksanıza burada bir delik var. Işık orayı gösteriyor. Hadi, emekleyerek geçelim oradan." dedi Gilman.

Birden çığlık atarak bir adım geriledi:

"Bu neeee?"

Köşede, kanlı, buruşuk bir gömlek duruyordu. Soluk alış verişleri hızlanmıştı. "İnanamıyorum!" diyebildi. Çok korkmuştu.

Işıl gömleği görünce içgüdüsel olarak kollarını kavuşturarak olduğu yerde büzüldü. Yüzünü buruşturdu.

Birce'nin yüreğine buz gibi sular aktı sanki. Bacaklarında derman kalmamıştı, titriyordu.

"Bu ne?" diye fısıldadı. Gilman tek dizinin üstüne çöküp gömleğe eğildi, hafifçe dokundu. Şaşkınlıkla yutkundu:

"Bu kan daha kurumamış!"

"Onu da nereden çıkardın?"

"İnanmıyorsanız, gelin siz de bakın."

"Ayyy!... Öööö!..."

Işıl'ın sesindeki kaygı gitgide artıyordu:

"Ne olursunuz geri dönelim. Çok korkuyorum!"

Eflâtun kristal, deliği ışıtmaya devam ediyordu. Gilman bunun ipucu olduğunu duyumsuyordu.

"Arkadaşlar, Dolunay Masalcısının görevi dünyayı kurtarmaksa burada bir görevimiz olmalı. Masalın gösterdiği yolda ilerlemeliyiz. Ben her şeyi göze alıyorum. Haydi!"

Işıl başını kesin bir ifadeyle salladı:

"Hayır gitmeyelim! Dönelim!"

Birce onu destekledi:

"Evet, dikkatli olmalıyız, burada bir şeyler oluyor."

Hepsinin beynine türlü olasılıklar doluşmuştu.

Gilman, Birce'nin elinden kitabı çekercesine aldı. Sayfaları karıştırdı. Yüksek sesle okudu:

"Ey bu masalın yeni anlatıcıları; deneyin ve görün. Yeniden denemeniz gerekse de bunu yapın! Ta ki size verilen görevi yerine getirene değin. Daha iyisini elde etmek için yeni denemeler yaptıkça göreceksiniz gücünüzü.

Korkmayın! Korku aklın kötü kullanılmasına yol açar. Aklını doğru kullanmayan gerçeği bulamaz. Unutmayın ki bu yalnız sizin değil, dünyanın serüvenidir."

Arkadaşlarının masaldan nasıl etkilendiğini görmek için dikkatle yüzlerine baktı.

"Korkmayın! Masalda da bunu söylemiyor mu?"

Işıl ona gözlerini kısarak baktı. İçindeki korku iyice büyümüştü. "Belki de bu bir tuzak. Artık dönsek mi?"

"Şşşt, sakin ol! Getirme aklına böyle şeyler." dedi Gilman.

Birce duraksayarak konuştu: "Bilmiyorum... Ama... Yola devam etmeliyiz."

Gilman sinirlenmişti, onun sözünü kesti: "İsteyen dönsün, ben gidiyorum! Zaman kaybedemeyiz." dedi.

Kristalin yumuşak ışığıyla sarmaladığı delikten öbür tarafa sürünerek geçiverdi. Aklından sürekli aynı sözcükler geçiyordu: *"Korkmayın! Korku aklın kötü kullanılmasına yol açar. Aklını doğru kullanmayan gerçeği bulamaz."*

Aklını doğru kullanabilmek için korkularından sıyrılmaya çalıştı. Arkadaşlarına seslendi:

"Heyyy, burada merdivenler var. Çok ilginç bir yer. Çabuk geçin bu tarafa!"

Sesi geçitte yankılandı.

YİRMİNCİ BÖLÜM

Selo, İbrahim'e bir şey duyup duymadığını sordu. Sıcaktan İbrahim'in üstüne uyuşukluk çökmüştü. O da bazı sesler duymuştu; ama emin değildi.

Birce ve Işıl, Gilman'ın yanına geldiklerinde bilinmeyen bir zamanda; bilinmeyen bir yerde oldukları duygusuna kapıldılar. Kıvrılarak aşağı inen siyah taşlı, dik merdivene şaşkınlıkla baktılar. Gilman sabırsızlığını dizginlemeye gerek duymadan bağırdı:

"Aşağıda neler görebileceğimizi hayal bile edemiyorum. Haydi çabuk inelim merdivenlerden."

"Bu duman nereden geliyor?"

"Ne bileyim Işıl. Aşağı inince anlarız."

Kaygan merdivenlerden inmeye koyuldular.

Selo seslerin geldiğinden emindi.

"Abi, birileri geliyor!"

İbrahim dişlerinin arasından konuştu: "Sen... Sen söyledin!"

"Bunu yapmadım, neden hazineye başkalarını ortak edeyim?"

İbrahim kömür gözleriyle öyle bir baktı ki, Selo sözlerini yuttu. İbrahim emreder gibi konuştu:

"Çabuk şu kolondaki kapıyı aç. İçinde yer varsa gizlenelim!"

"Ama üstündeki işaret..."

İbrahim, Selo'nun bu sözüne karşılık olarak ters ters bakmakla yetindi. Selo bu emre karşı gelemezdi. Zaten sesler gitgide yaklaşıyordu. Kapıyı açayım derken yere kapaklandı. Çabucak toparlandı, içeri atlayıverdi. İbrahim de Selo'nun üstüne yığıldı.

***

"İnsanlığın geçmişi buz ve ateş arasındaki savaşla açıklanabilir. Korkunun kraliçesi Doğu'da gizli. Tılsımı bilmeyen Doğu'ya gitmesin! Yasak bölge!"

Birce havuzun yanındaki mavi sütunların yanına oturmuş masalı okuyordu. Gilman'ın elinde tuttuğu eflâtun kristalin ışığı lapis sütunlardan birindeki yeni ay şeklinin üstüne düşüverdi. Gilman haykırdı:

"Heyyy... Şu kapıya bakın!"

Kapının üstündeki su perisinin kabartma resmi onlara gülümsüyor gibiydi.

"Haydi, o kapıdan girelim!" dedi Gilman.

Hepsinin gözleri coşkuyla ışıldadı. Yine de içlerindeki kuşkuyu atamıyorlardı.

"Dikkatli bakın, su perisinin hemen yanında kuru kafa ve üstünde kocaman bir çarpı işareti var."

"İyi ama, bu ne demek?"

"Tehlike demek tabii ki!"

"Hiçbir şey umrumda değil, kristalimiz nereyi aydınlatıyorsa oraya gitmeliyiz. Bakın sadece o kapıyı aydınlatıyor."

"Evet, ama tılsımı bilmeyen doğuya gitmesin, diyor masal. İsterseniz devam edelim. Belki de orası doğudur."

Birce'nin bu düşüncesine katıldılar. Birce okumaya devam etti:

"Masalcılar, Kaf Dağı'na açılan büyük harflerle süslü kapıyı keşfettiklerinde yalnız olurlar hep. Ama sen yalnız değilsin.

'Sınırları aşmak için zorluklar bekliyor sizi. Su perisinin ülkesine vardığınızda hiç kimsenin beklemediği bir şey olacak.

Dileğim odur ki, zamana gizlenmiş bilginin sahibi olun ve onu gerektiği gibi kullanın' demişti masalımız.

Her kim üç köşeli tası bulur, tası kumla parlatırsa tılsıma yaklaşacak. Havuzun kenarında bekler tas yüzyıllardır, içinde, beklenen şifre..."

Havuzdan çıkan buhar yüzünden çevreyi net göremiyorlardı. Etrafı dikkatle incelediler.

"Heyyy bakın, tas burada!"

Işıl arkadaşlarına seslenirken heyecandan tir tir titriyordu.

YİRMİ BİRİNCİ BÖLÜM

Selo, kapının üstündeki kurukafayı gördüğünden bu yana kaygılıydı. İçini gitgide kaplayan bir sıkıntı vardı. Ama soğukkanlı görünmeye çalışıyordu.

Üzerinde su perisi kabartması olan o kapıdan içeri girince sanki ayaklarının altındaki yer çöktü ve asansördeymiş gibi yavaşça aşağılara kaydılar. Görme duyularını yitirmiş gibiydiler.

Karanlıkların içinden bir hendeğe yuvarlandıklarını sandılar. Yere sertçe düştüklerinde birden açık havaya çıkmış kadar rahat nefes almaya başladılar. Fenerin ışığı çevreyi aydınlatıyordu.

"Ohh!... Seni görebiliyorum." dedi Selo.

İbrahim, soluk soluğa, "Evet, bir an fenerin pilinin bittiğini sanmıştım; ama neyse ki hâlâ çalışıyormuş." dedi.

Bulundukları yer, duvarları mor kayalardan oluşmuş bir odaydı. Nereden geldiği belli olmayan su şırıltısına kulak kabarttılar.

"Bu ses nereden geliyor?" dedi İbrahim.

Selo buna sözcüklerle yanıt vermek yerine, parmağıyla karşılarında duran çivit mavisi mermerden yapılmış kapıyı gösterdi.

"Bak bakalım kapı açılıyor mu?"

Selo, hayır anlamında başını iki yana sallayarak omuzlarını silkti.

İbrahim bir karara varmış gibi derince nefes aldı. Sinirliydi. Gözlerini kısarak konuştu:

"Bakın Selo beyefendi. Elimdeki alet şu anda dünyanın geleceğini belirleyecek olan bölgede olduğumuzu gösteriyor. Omuz silkmek yerine kapıyı açarsanız sizin için iyi olur!"

Kapının ardından gelen su sesi, orada ne ile karşılaşacaklarının ipucunu vermiyordu; ama yine de Selo'nun aklına korkunç düşünceler getirmişti.

Selo, hazineye ulaşabilmek için her şeyi göze almalıydı. Omzuyla kapıya yüklendi. Kapı ardına kadar açıldı.

Rüyalarında bile göremeyecekleri, adını bilmedikleri onlarca renk ikisinin de gözünü kamaştırdı.

Yüzlerini ellerinin içine sakladılar. Gözleri ışıltıya alışınca odanın ortasında onlara gülümsemekte olan kristal su perisi yontusunu gördüler. İbrahim şaşkındı:

"Bu, Bergama Müzesi'nde sergilenen heykelin aynısı değil mi? Ama bu kuvars kristalinden yapılmış olanı."

"Evet. Bu, kazılar sırasında, asfaltın sekiz metre altında bulduğumuz heykelin ikizi. Kristalden yapılmışsa hazineyi bulduk demektir!" diye haykırdı Selo.

Kristal heykelden yayılan ışığın gücü, farklı tonları ve titreşimleri yansıtarak olağanüstü renk gölgeleri oluşturuyordu. Su perisinin kucağında taşıdığı kristal deniz kabuğunun içinde bir kuvars kristali vardı. Altı köşeli, sivri tepeli bu kristalin boyu neredeyse bir metreydi.

"Jeneratör kristal bu olmalı!" dedi İbrahim.

"Nasıl yani, asıl hazine deniz kabuğunun içinde duran mı? Alalım hemen onu oradan!"

İbrahim, onun yerinden alınmasıyla oluşacak elektromanyetik fırtınayı düşündü. Çok dikkatli olmalıydılar.

"Kristaller büyük güç oluşturma araçlarıdır. Bu nedenle dikkatli ve bilinçli kullanmak gerek. Eğer doğru konumda bulunuyorsa her şeyi etkileyen birer lâzer olabilirler.

Büyük jeneratör kristaller dünyada değişim sağlayabilecek en güçlü araçlardır. Bize gereken bu jeneratörü yerinden biraz oynatmak.

Hesaplarıma göre kristali saat yönüne doğru hafifçe çevirmeyi başarabilirsek işlem tamamlanacak, yeryüzündeki manyetik alanda değişimler başlayabilecek."

Selo, "Anlayamıyorum." diye mırıldandı.

"Bekle, haritaya bakalım. Sana anlatacağım!" dedi Selo'ya. El yazmasını belindeki çantadan çıkardı. Okudu:

"Haritada işaretli kristallerin aşırı manyetik yüklenmesi sonucu elektromanyetik fırtınalar oluşur. Bu fırtınaların içinde kalan canlılar garip bir yolculuğa çıkarlar. Atmosferde kalamadıklarından, uzay zaman boşluğunda sürüklenip kaybolurlar.

Kristalin şifresini bilmezsen, kaybolacak nesne sen olursun! Şifre kırmızı kapaklı kitapta!"

İbrahim okuduklarını Selo'nun anlayıp anlamadığından emin olmak için onun yüzüne baktı. Selo hazineyi buldukları için öylesine heyecanlıydı ki, ne kristalin yerinden oynatılmasından doğacak elektromanyetik fırtınayı ne de uzay zaman boşluğunda kaybolma tehlikesini anlamıştı. Gözünü hırs bürümüştü, tek amacı hazineye sahip olabilmekti.

Bu, İbrahim'in işine geliyordu doğrusu. İçindeki ses bu işi Selo'ya yaptırması gerektiğini söylüyordu.

El yazmasında sözü edilen şifrenin ne olduğunu bulmazlarsa kaybolabilirlerdi. Belki de Selo yalnız başına kaybolur, diye düşündü. Selo'ya verilecek bir hazine olmadığına göre ondan kurtulması da fena fikir değildi. Görevini bitirip gizli geçitten yalnız başına dönebilirdi İbrahim.

Su perisinin önündeki küçük düzlükte, taşa oyularak yazılmış bilmedikleri dilde yazılar vardı. Su sesi sanki bunların içinden geliyor gibiydi. Su perisinin yanına üç basamakla çıkılıyordu. Kucağında taşıdığı midyenin içinden su sızıyor, basamaklara çarparak boncuk boncuk dağılıyordu.

"Haydi! Merdivenlerden çık ve o kocaman kristali sağa doğru çevir. Ben elimdeki aletle ölçüm yapıyorum. Sana, 'tamam' dediğimde dur."

"Neden sağa çeviriyorum? Onu oradan almayacak mıyım?"

"Hayır!"

"Ne demek hayır! Hazineyi alıp götürmeyecek miyiz?"

İbrahim iyice sinirlenmişti, kendine hakim olamadı:

"Hazine mazine yok, tamam mı!" diye bağırdı.

Selo önce başını avuçlarının içine aldı: "Vay başımaaaa!" Sonra İbrahim'e saldırdı. "Bunu anlamalıydım! Şimdi sana gösteririm! Kimse alamaz seni elimden!"

İbrahim kolunu Selo'dan kurtarıp kaygan merdivenlerden tırmanıverdi. Kristali hızla döndürmeye çalıştı. Fakat, gölgesi su perisi yontusunun üstünde bir fotoğraf gibi yapışıp kaldı.

Yontunun karnından boşalıveren kaynar su kavuruverdi ellerini kollarını. Bağırmaya başladı: "Yandım! Kurtar beni!..."

Selo ne yapacağını şaşırmıştı. Oluk gibi boşalmaya başlayan sıcak sular bir anda odada ilerlemeye başlamıştı, onun da ayakları yanıyordu.

YİRMİ İKİNCİ BÖLÜM

Çocukların parlattığı üç köşeli tasın içinden madeni pırıltılar yayılıyordu. Pırıltıların içinde beyaz gövdesi, kucağındaki kırmızı kitabıyla onlara gülümseyen su perisini gördüler. Düşle gerçek arası beyaz bir küme bulut gibi görünen su perisi, elinde masal kitabının ikizini tutuyordu. Tasın içinden kaçan küçük bir gülüş mavi yeşil duvarlarda yankılandı sanki.

Yürek çarpıntısını bastırmaya çalışarak, "Bu ne anlama geliyor sizce?" diye sordu Birce.

"Bence bunu masala danışmalıyız. Okumaya çalış istersen." dedi Gilman.

Birce'nin başka bir önerisi vardı:

"Önce mavi kapıdan girelim. Bakalım orada ne var. Sonra okuruz."

"Hayır! Bunu sakın yapma, belki de oraya girmememiz gerek." dedi Işıl.

Ona hak verdiler. Birce, kitabın kapağını açtı, okumaya başladı.

"Mavi kapı, Doğu'nun anahtarıdır. Görüntüden önce sesi algılar insanoğlu. Duyunca suyun sesini, anlamalısın masalın yüreğini.

Masal der ki; tılsım, su perisinin elindeki kristalde. Ey, Dolunay Masalcısı, yol kesenler yanı başında su perisinin. Görmeyi bilmeyen insanların elinde yanlış anlaşıldı bütün bilgiler.

Kırmızı kitabı yeniden bulan kişi, su perisinin orada durmasının gerçek nedenini yüzyıllar sonra anlayacak.

Git ve kurtar Alyanoi'nin yer altı kentini. Su için doğdu, su içinde yok olmasın!

Elindeki ışık taşını koy deniz kabuğuna, koy ki sular durulsun, serüvenciler yerine bilginler bulsun su perisinin ikizini. Hangi ellerin onu yaptığını öğrenecek senden sonraki dolunay masalcısı.

Öncelerin öncesinden, Mavi Zamanlar'dan geldi bu masal sizlere. Elinizi çabuk tutun çocuklar, tez büyüyün, dürüst düşünün. Yağmacılar doymazlar azla buzla, tuz dökerler yaralara.

Şunu bilesiniz; erişilmez köşelerde, dağların içinde yatıyor kayıp şehirlerin gizemi. Peşinde hep onlarca harami.

Elinizi çabuk tutun çocuklar, masallar gerçek, gerçekler masal olmadan sahip çıkın değerlere. Kapılar ardınızdan kapanacak az sonra, anahtarı yeni dolunay masalcısına... Gökten düşerse üç mavi elma, maviler sizinle, kırmızılar burada."

"Ne anladık şimdi bundan?"

"Öncelikle mavi kapıdan geçmemiz gerektiğini anladık. Haydi çabuk olun!" dedi Gilman.

Üçü birden mavi sütundaki kabartmalı kapıdan geçtiler. İçerideki ışık gözlerini aldığından ilkin orada neler olduğunu anlayamadılar.

"Kim var orada? Yardım edin!" diye bağırdı Selo.

Kızların da ayakları sıcak sudan yanıyordu.

Gilman birden bağırdı:

"Birce karşıya bak, su perisi orada! Sular karnından fışkırıyor. Durdurmalıyız!"

"Nasıl durduracağız? "

"Oradakiler kim?"

"Bırak şimdi kim olduklarını, ışık taşını, su perisinin elindeki deniz kabuğuna at çabuk!"

Birce, Gilman'ın söylediğini yaptı. Bir anda sular duruldu. Yerlerdeki sular buhar olup uçuverdi.

Her tarafı yanan İbrahim, acıyla kıvranıyordu. Selo, gelenlerin kazı alanındaki çocuklar olduğunu görünce şaşırmış ve utanmıştı. Gilman ile göz göze gelmemeye çalışıyordu.

"Heyyy! Siz ne yapıyordunuz burada?" diye sordu Birce.

"Şimdi soru sormayın da çabuk çıkarın beni buradan, canım çok acıyor." diye inledi İbrahim.

Selo bir an onu orada bırakmayı düşündüyse de yine de içinden çıkıp geliveren "iyi kalpli Selo"nun sesini dinledi. İbrahim'i çıplak sırtına aldı. Her insanın içinde iyi kalpli bir ikizi bulunurdu. Asıl başarı onu ortaya çıkarabilmekti.

Kızlar, kanlı gömleğin kime ait olduğunu şimdi anlamışlardı.

YİRMİ ÜÇÜNCÜ BÖLÜM

Dehlizin çıkışına geldiklerinde kazı henüz başlamamıştı. Aktan, gece boyunca uyumadı, sabaha karşı tuvalete gidiyor gibi yapıp, hamama gitti. Gün ışırken aşağıdan gelen seslerle rahatlayıp derin bir nefes aldı, arkadaşları zamanında geldiği için sevinmişti.

Dehlizden Selo'nun başı görününce, Aktan ne yapacağını şaşırdı. Sütunlardan birinin arkasına saklandı. Olup biteni izlemeye koyuldu.

Selo aşağıya eğilip, birileriyle konuştu, sonra baygın bir adamı yukarı çekti. Ardından kızlar göründü.

Aktan neler olduğunu merak ediyordu; ama görünmekten çekindi. Onlar çevreden uzaklaşana kadar sesini çıkarmamaya karar verdi.

Selo, eli yüzü yanık içindeki adamı, İlya'nın yanına kadar sırtında taşıdı. Oracığa bırakıp bisikletine atladı, yel gibi uzaklaştı.

Kızlar gece boyunca yaşadıkları garip olaylara inanamıyorlardı. Aktan, Selo uzaklaşır uzaklaşmaz, kızların yanına geldi. Heyecanla sordu:

"Neler oluyor? Bu adamların işi ne orada?"

"Ayyy Aktan, şu halimize bak. Perişan olmuşuz zaten. Şimdi soru sorma, biz gidip yatalım. Yarına anlatırız." dedi Birce.

"Yok canım! Hanımefendiler gezip tozsun diye ben sabaha kadar uyumayayım, sonra da hiçbir şey anlatmasınlar. Bari söyleyin, o adamlar kimdi, onlara ne söylediniz?"

"Burayı merak edip girdiğimizi, rastlantıyla burayı bulduğumuzu söyledik onlara. Bir tanesi baygındı zaten. Kazı alanında çalışan Selo'yu hatırlarsın. Bu baygın adam ona içeride hazine olduğunu söylemiş. Sahtekâr bir adammış. Hazine aramaya gelmişler. Ama aralarında bir anlaşmazlık çıkmış galiba."

"Sağ ol Gilman, sen de olmasan bu kızlar bana hiçbir şey anlatmayacaklar! Eeee... Sonra?"

"Sonrasına soğan doğra!" dedi Işıl sert bir ses tonuyla. "Yakalanmadan gidelim mi odamıza? İzin verir misin Aktan?"

"İzin de ne demek, tabii gideceksiniz. Ama ya Selo olanları Ahmet Beye anlatırsa?"

"Hayır, anlatamaz; çünkü orada hazine olduğunu düşünüyor hâlâ. Büyük olasılıkla bu işi yeniden deneyecek."

"Biz anlatsak? Dürüstçe açıklasak?"

"Buna gerek yok, büyük salona artık kimse giremez. Ardımızdan koca bir kaya düşüp yolu kapadı. Artık orası çıkmaz bir yol gibi..."

"Kitap dedi ki; yeni dolunay masalcısına verilecekmiş kapalı yolun anahtarı..."

"Aaaaa kitap!" diye bağırdı Birce.

Kitabı o telâşla kristal su perisinin bulunduğu odada unutmuşlardı.

"Gökten düşerse üç mavi elma, maviler sizinle, kırmızılar burada..."

YİRMİ DÖRDÜNCÜ BÖLÜM

Kazı alanından ayrılma günleri gelip çatmıştı. Sezin Hanım, onları belediyenin minibüsü ile almaya geldi.

Ahmet Bey, Canan Hanım, Bülent, Pülmüz teyze, Mehmet, Arzu, Mustafa, Sibel, Cerenimo ve diğerleri minibüsün yanına koşuştular. Çocuklar hepsiyle sarmaş dolaş olup vedalaştılar.

Ahmet Beyin son sözleri yol boyunca kulaklarında yankılanacaktı:

"Buraya gelen herkes ilk günlerde garip rüyalar görür. Kazı alanında bulunmak, insanları etkiler. Bu rüyaların gerçek olduğuna yemin bile edebilir insan. Lütfen evlerinize döndüğünüzde sadece kazılarımızı ve burada yaşadığımız güzellikleri anlatın. Rüyalarınız size kalsın! Ne dersin Gilman?"

Gilman arkadaşlarını gözyaşları içinde uğurlarken başını salladı:

"Evet, büyüyünceye kadar, rüyalarımızı anlatmayacağız kimseye!"

İzmir'e doğru yol alırken hepsi de çok düşünceliydi. Aynı rüyayı görmüş gibiydiler. Ahmet Beyin bir şeyler bildiğini, onun son sözlerinden anlamışlardı.

Gilman'ın yüzü hiçbirinin gözlerinin önünden gitmiyordu. Söylediklerinin anlamını çözemiyorlardı. Ne demekti, büyüyünceye kadar kimseye anlatmamak...

Sezin Hanım ve şoförün yanında bu konuyu konuşamadıkları için gözleriyle anlaşmaya çalışıyorlardı.

Hepsinin aklına takılan bir başka soru da İlya'nın kenarına bırakılan baygın adama ne olduğu idi. Kimse onu görmemiş, söz eden de olmamıştı. Oysa kazı ekibinin onu bulup hastaneye götüreceğini ummuşlardı. Fakat, kazı ekibi işe başlayıncaya kadar adam yok oluvermişti.

Sezin Hanım, sessizliğin nedeninin yorgun olmaları ve ailelerini özlemeleri olduğunu düşündü, onları konuşmaya zorlamadı.

YİRMİ BEŞİNCİ BÖLÜM

Yaz başında Alyanoi'de düzenlenen gençlik şenliği için toplananlara kazı başkanı, arkeolog Gilman Atılgan bilgi veriyordu:

"Eğer barajın projesi değiştirilmeseydi bugün bütün bu güzellikler su altında kalmış olacaktı. Alyanoi dünyaya örnek olmuş, sular altında kalmaktan kurtarılmış ilk kenttir. Bu kazıyı başlatan, kentin sular altında kalmaması için emek harcayan ilk kişi, eli öpülesi ustamız, Ahmet öğretmenimizdir.

Şenlik boyunca size buradaki buluntuları anlatacağım, birlikte Bergama Müzesi'ne gideceğiz.

Paylaşacağımız pek çok Alyanoi öyküsü olduğunu şimdiden söylemeliyim. Hepsi de ilginizi çekecektir.

Söz gelimi, söylencelerden birine göre, Mavi Zamanlar'ın anahtarı olan kırmızı bir kitap varmış. Masallardaki ejderhalar mağaradaki hazineleri nasıl korursa, kırmızı kitap da Mavi Zamanlar'ın masallarını öyle korurmuş. Toprak altından yeryüzüne çıkarılan ve şimdi Bergama Müzesi'nde sergilenen bütün yontuların kristal ikizleri hâlâ yerin altındaymış. Ama hepsinin şifresi, Mavi Zamanlar'ın anahtarı kırmızı kitapta gizliymiş.

O gün bugün, kırmızı kitap bir gün onu yeniden gün ışığına çıkaracak birilerini beklermiş. Şifreleri de, görebilen gözler çözebilirmiş ancak."

Gençlik grubundaki sırma saçlı, yıldız gözlü, uzun boylu genç kız dayanamayıp söze karıştı:

"Evet, ben bu söylenceyi hatırlıyorum. Çocukken annemden dinlemiştim."

Birden Gilman'ın yanaklarına kan hücum etti, kalbi hızla atmaya başladı. Kendini denetlemeye çalışarak sordu:

"Annenin adı ne?"

"Birce!"

"Ya senin?"

"Perisu!"

Sözcükler Gilman'ın boğazında düğümlendi. Dağlarla bulutların karıştığı yere tutundu bakışları.

"Gençler, bir süre serbestsiniz, istediğiniz gibi dolaşabilirsiniz." dedi.

Perisu ile yalnız kalıp konuşmak istiyordu. Perisu da aynı

duygular içindeydi. Bakışlarıyla anlaşıp çınarın altındaki sandalyelere oturdular. Diğerleri bir anda kazı alanına dağılıverdi.

"Annenin adı Birce demek. Daha önce buraya gelmiş mi?"

"Evet, galiba on iki, on üç yaşlarındaymış, bir yarışma kazanıp buraya gelmiş."

Gilman, sevinçle çığlık attı. Sevinç gözyaşları, İlya Çayını çoktan aşıp, dere tepe dümdüz gidip yer altı sularına karışmıştı bile.

"Evet! Bu bizim Birce! Demek sen onun kızısın."

"Demek siz de, o Gilman'sınız! Annemden isminizi çok duydum, sizinle tanışınca, 'Acaba annemin arkadaşı olabilir mi?' diye de düşündüm. Hâlâ burada olduğunuzu bilseydi selâm gönderirdi, ya da koşup gelirdi. Ama ikinizi bir gün buluşturacağım, söz!"

"Çok sevinirim. Annenle bir daha hiç haberleşemedik. Daha doğrusu, o gruptan kimseyle haberleşemedim. Annen ne iş yapıyor? Başka kardeşin var mı?"

"Annem öğretmen... Sanat tarihi öğretmeni. Başka kardeşim yok."

Gilman bir durdu, iki düşündü ve sordu:

"Peki, annen burada yaşadıklarından sana söz etmiş miydi?"

"Evet, çok güzel günler geçirdiğini, unutamadığı arkadaşları olduğunu anlatmıştı."

"Başka?"

Perisu kıkırdadı:

"Haaa... Anladım ne sorduğunuzu. Burada birine âşık mı olmuş ne... Gruptan bir çocukmuş. Ama söyleyememiş; çünkü oğlan başkasına âşıkmış galiba. Yıllar sonra öğrenmiş o çocuğun âşık olduğu kızla evlendiğini. Yoksa o kız siz miydiniz? Pot mu kırdım?"

"Yok canım, ben evli değilim ki... Annenin ilk aşkını burada yaşadığını bilmiyordum. Bak sen Birce'ye... Neler de saklamış bizden."

Gilman ile Perisu sanki yıllardır tanışıyormuş gibi sıcak bir sohbete dalmışlardı. Perisu, masal yazmayı sevdiğinden olsa gerek, kazılardan çok söylencelerle ilgileniyordu.

"Söylencelerden söz etmiştiniz ya... Galiba buralarda pek çok söylence anlatılıyor. Sabah, pansiyonun önünde eli yüzü yanık izleriyle dolu acayip kılıklı bir adam çıktı yolumuza. Burayla ilgili efsaneler sattığını söyledi. Manyetik alan efsanesi miymiş, neymiş? Hareketleri bizi korkuttu biraz, yanından uzaklaştık. Ama efsaneyi de merak ettim doğrusu. Aklını yitirmiş galiba adam."

"Evet, o adam yıllardır dolaşır buralarda. Aslında aklını yitirmedi de... Gören gözlerle bakamadı Mavi Zaman'ın masallarına."

"Nasıl yani?"

"Öylesine söyledim işte. Onun kimseye zararı dokunmaz, geçmişini hiç hatırlamaz, sürekli aynı efsaneyi anlatır. Yazmış da üstelik. 'İsteyene satacağım.' diye dolanıp durur buralarda."

“Onun anlattığı ‘Manyetik Alan Efsanesi’ni biliyor musunuz?”

“Evet, ben de ondan dinledim. Bir daha karşılaşırsan satın al efsanesini. Hem adamcağızın cebine iki kuruş koymuş olursun, hem de annene götüreceğin güzel bir armağanın olur.

Ya da... Daha iyi bir fikir geldi aklıma. Efsaneyi annen için ben satın alacağım. Armağan olarak götürüp ona dersin ki; ‘Eli yüzü yanık izleriyle dolu bir adam bunu satıyordu.’ Bakalım annen ne yapacak.”

Perisu, Gilman’ın bu heyecanına anlam verememişti.

“Peki ama... Bu annem için neden iyi bir armağan olsun? Ona hediyelik eşya satan bir dükkândan bir anı götürsem, ya da sizin bir fotoğrafınızı, eminim daha çok sevinir.”

Gilman çolpan bakışlı, üç aylık köpeği minik Cerenimo’yu kucağına aldı, Perisu’ya gülümsedi:

“Annenin armağanını yarın sana vereceğim. İletirsen sevinirim.”

O gece ot kokuları, ılık meltemin büyüsüyle canlanıp Alyanoi eteklerinde nazlı nazlı dolanıyordu yine. Birden sabaha dönüştü karanlıklar; gümüş rengi koca bir dolunay, dağların doruklarına doğru yükseldi.

Satın aldığı efsaneyi katlayıp mavi bir zarfa koydu Gilman. Birce için yazdığı notu son kez okuyup efsanenin yanına ekledi:

"Çözdüğümüz her sır yeni bir yük bindirir omuzlarımıza... Bu öykü bundan sonra başlar. Mavi Zamanlar'ın Dolunay Masalcısı'ndan merhaba!..."

Su için[de]: Allianoi

Allianoi: Born and drowned in water

Arkeolojik Fotoğraflar • Archeological Photographs

ergama'da bulunan Allianoi, Ege'nin Zeugması
larak adlandırılıyor. Allianoi bir sağlık yurdu.
uruluş amacına uygun olarak yeniden
anlandırılması mümkünken sular altında kalacak.

Allianoi'de yıkanmak

Roma Hamamı'nın mozaikleri...

RMİN BAYÇIN

Ege'nin Zeugması"na dönüşen kentin
inümü öylesine etkileyici ki, duyulan
ınlık ve hayranlık, tepkileri de peşi sıra
eltiyor. Bergama yakınlarındaki Alli-
, antik dünyada "asklepion" denilen
ağlık yurdu. Sağlığın, iyileşmenin, di-
leyişle tıbbın tanrısı Asklepios'un yur-
larak tanımlanan dört merkezden biri.
nal kaynak üzerine kurulmuş olması
ayrıcalıklı kılıyor, ama ne yazık ki Yor-
Barajı'nın tehdidinden kurtulamı-

ımse, yüzyıllardır bir şifa merkezi ko-
unda olan bu görkemli ve zarif yerin,
i belli olan baraj uğruna suya terk edi-
olmasına inanmak istemiyor. Aynı şe-
kazı ekibi de. Bu yaz altıncı kampan-
erçekleştirilen kurtarma kazıları artık

Nymphe heykeli...

"kurtarmama" anlayışında yürütülmeye başlanmış. Çünkü ılıcadan, parça parça sökülüp bir yerlere taşınamayacak denli yoğun "taşınmaz" gün yüzüne çıkıyor. Kazı başkanı, Trakya Üniversitesi'nden Dr. Ahmet Yaraş ve ekibine göre Allianoi yerinde kalmalı. Ve gelen turistlerin rahatlıkla dolaşabilmesi için geçen yıl yapılan gezi yolu, bilgi panoları, platformlar ve bazı sütunların ayağa kaldırılması gibi kalıcı uygulamalarla Allianoi'un geçici olacağını kabullenmek gerçekten de zor.

Bergama'nın 18 km. kuzeydoğusunda Paşa Ilıcası olarak anılan yerde bulunan Allianoi, İlyas ve Koca çayları üzerine kurulan barajın gölet alanı içinde kalıyor. Yalnızca sulama amaçlı yapılan bu barajdan eğer vazgeçilmezse yerleşim 18 metre derinlikte suya gömülmüş olacak. Ancak antik ılıcanın kaderinin bu şekilde sonlanması gerekmiyor. Yaraş, Allianoi'un kurtarılması yönünde çözümler üretilebileceğini söylüyor. Örneğin barajın yerini değiştirmek gibi. Yaraş, "DSİ, baraj duvarının, farklı yerde, buradan 7.5 km. uzaklıktaki Yortanlı Köyü'nde yapılmasını planlamış ilk başta" diyor "Eğer tekrar eski yerine kaydırılırsa burası kurtulur. İzmir milletvekili Hakkı Ülkü, Hasankeyf ile ilgili yeni gelişmelerden yola çıkarak Allianoi için de baraj projesinin yeniden gözden geçirilmesi ve revize edilmesi yönünde bir araştırma önergesi verdi. Ama bazı bürokratlar, barajı yapalım, Allianoi'un üzerini de bir kil tabakayla örtüp suyu verelim diyor. 40-50 yıl sonra barajın ömrü bittiğinde, yani yamaçlardan akan alüvyonla dolmuş olduğunda, arkeologlar burayı tekrardan kazmaya devam edebilirlermiş. Böyle bir şey mümkün değil. 18 metrelik muazzam bir dolguyu, çamuru kaldırıp aşağı ineceksiniz. Sonra kalıntılara ulaşmak için bir 17 m. daha... Bu bir ütopya. Şu anda müdahale ettik ettik, yoksa son şansımızı da yitiririz".

Allianoi, antik dünyada "asklepion" de-

nin, diğer deyişle tıbbın tanrısı Asklepios'un yurdu olarak tanımlanan bu merkezlerden dünyada yalnızca üç yer biliniyordu: Kos, Epiros/Kıta Yunanistanı ve Bergama. Ancak, 1998 yılında Paşa Ilıcası'ndaki tütün tarlalarında zamana karşı arkeologların başlattığı yarışla buna bir dördüncüsü eklendi. Allianoi, yapılan kazılar sonucunda en büyük ve en iyi korunmuş bir asklepion olarak öne çıktı. Ayrıca termal kaynak üzerine kurulmuş olması onu ayrıcalıklı kılıyor. Bilindiği kadarıyla salt suya yani hidroterapiye dayalı, kentsel özellikler de taşıyan böylesi büyük çapta bir başka sağlık merke-

Allianoi: Ege'nin Zeugması

zi yok. 9600 m
kompleksinin
lam olarak ele g
lü suyla dolu ha
bilir durumda o
min sağlık ve kü
nünde olağan
"Küçük bir rest
ki mekânları t
mümkün. Paşa
yaretçiyi çeken
arada yaşatıldı
getirilebilir. Ha
ki değerli kayna
hatsızlıkların ya
lıklarına da çok
tahliller sonucu
de bu şifalı suda
vuzları özellikle
temalını kapan

Bronzdan neşte

Aslında ılıcan
yor. 1994'te, bar
nı yıl, açıkta gö
yararlanmak için
sis kurulmuş. A

Zeus'u istiyoruz ama ya Allianoi

KAMUOYUNDA büyük yankı uyandıran ve Birecik Barajı nedeniyle büyük kısmı su altında kalan Zeugma'nın ardından, Bergama'daki Allianoi antik kenti de 1992'den bu yana yapımı süren, 19 bin hektarlık alanı sulayacak Yortanlı Barajı tamamlanınca su altında kalacak. 1998'de Allianoi'yi kurtarma kazılarına başlayan Trakya Üniversitesi Fen - Edebiyat Fakültesi Arkeoloji Bölümü Öğretim Üyesi Yrd. Doç. Dr. **Ahmet Yaraş**, bu yılki çalışmalara başladıklarını söyledi. Eylül ayının sonuna kadar sürecek kazılarda 30 kişilik kazı heyetinin yanısıra, 120 de işçi çalışacağını belirten Yaraş, **"Bu yıl özellikle Roma döneminin ılıcaları üzerinde yoğunlaşacağız. Ilıcaların üzerinde 1994'te yapılan kaplıca binalarını yıkıp, altını kazacağız. Halen 45 - 50 derece sıcaklıkta suyun çıktığı ve bugün dahi kullanılabilecek ılıcanın yerleşim planı çıkartılacak"** dedi.

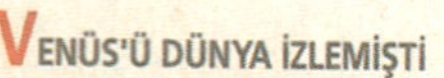

Allianoi Antik Kenti'nde bu yıl da kazılar başladı. H... özellikle Roma Ilıcası'nın bulunduğu bölümü ... (Fotoğraflar: DHA - Turan GÜLTEK...

VENÜS'Ü DÜNYA İZLEMİŞTİ

Kazılara Trakya Üniversitesi'nin destek verdiğini belirten **Yaraş** sponsorların ise Devlet Su İşleri (DSİ) ile Philip Morris - Sabancı olduğunu söyledi. Kazı heyeti başkanı **Yaraş, "Sabancı 60 bin dolar gönderdi, büyük anlayış gösteren DSİ de 150 milyar lira veriyor. Bunun yüzde 80'i işçilerin ücretine gidiyor"** diye konuştu. Özellikle 3 yıl önce galerilerin birinden çıkardıkları 1800 yıllık Venüs Heykeli'nin bütün dünyada büyük ilgi gördüğünü hatırlatan **Yaraş**, bugüne kadar yerleşim birimlerinin yanısıra yüzlerce eser çıkardıklarını hatırlattı, bu yıl da benzer

Allianoi'nin sadece ılıca bölümünün 30 bin metrekare alanı kapladığını, diğer yerleşim bölümlerinin de bir o kadar tuttuğunu hatırlatan **Yaraş**, bu yüzden kentin bütün sınırlarını bilemediklerini söyledi. Altı yılda çok hızlı çalışmaya karşılık kentin çok az kısmını çıkarabildiklerini aktaran **Yaraş, "Bu yüzden şu kadar sürede, baraj bitmeden, şu kadarını çıkartabiliriz demek imkansız. Allianoi, şu anda Türkiye'de ortaya çıkartılmış, en yeni kent. Hakkında daha yayın bile yapılmadı, bu yüzden de arkeoloji dünyasının büyük ilgisini çekiyor"** dedi.

ETRAFINA SET YAPILSIN

Allianoi'nin su altında bırakılmasının

50'sinin tamamlandığını ... yapımından vazgeçilm... aktaran **Yaraş, "O...** **kentin iki yanın... etrafındaki ... benzerleri ... ve kola... değil ...** **Kaplıcaları'nda ... mış. ... lerine ... da tıpkı** ... on... merke... için herke... Doç. Yaraş, ...

ANTİK TIP MERKEZİ

Helenistik çağda, M.Ö 2. yüzyılda kurulan Allianoi, M.S 2. yüzyılda Roma İmparatoru Hadrian'ın yaptığı imar hareketleri ile en parlak dönemini yaşadı. Şifalı suları ve ılıcaları nedeniyle bütün uygarlıklarda en önemli tıp merkezlerinden olan Allianoi'de 30'dan fazla kaplıca havuzu olduğu tahmin ediliyor. Ünlü hatip Aristides de 2. yüzyılda yazdığı Kutsal Sözler'de Allianoi'de şifa bulduğunu belirtiyor. Pergamon Krallığı döneminde Bergama'da "Sağlık tanrısı Asklepios adına yaptırılan Bergama Asklepion'u tarihte psikoterapinin yapıldığı en eski yerleşim birimi olarak bilinirken, Allianoi'deki kaplıcaların da en eski hidroterapi merkezi olduğu tahmin ediliyor.

Bizans Dönemi'nde de yerleşimin sürdüğü Allianoi, Osmanlı Dönemi'nde terk edildi. Cumhuriyet'le birlikte kaplıcalar tekrar kullanılmaya başlanırken, 1994 yılında İl Özel İdaresi ilk ılıca binalarını yaptırdı ve Roma Köprüsü'nü restore ettirdi. Baraj yapımıyla birlikte, kurtarma kazıları da başladı.

NELER ÇIKARILDI

Allianoi'de sadece ılıca yerleşkesi 30 bin metrekare. Kentin diğer bölümlerinin de bir bu kadar olduğu tahmin edilirken, çok az kısmı çıkarılabildi. Çıkarılan heykel, seramik ve eşyanın çok azı sergilenebiliyor. Çünkü Bergama Müzesi'nde ye... yer yok. Bugüne kadar çıkarılan ve baraj ta... ...rsa su altında kalacak bazı eserler şunlar: ... sıcak suyu olan, ılıklık, dinlenme ve ... çeşme ve havuzları, 70 metrelik ...ozlu galerileri tesbit edilen, ... Roma hamamları ...rli Roma Köprüsü ...etre genişliğinde ...adde

Allianoi batmasın

Bergama'da yapımı süren Yortanlı Barajı tamamlanınca Antik Allianoi Kenti sular altında kalacak. Kurtar... Yrd. Doç. Dr. Ahmet Yaraş, "Bergama'dan kaçırılan Zeus Sunağı'nı geri istiyoruz, ama elimizdekinin kıy...

Antik dönemde tıp merkezi

Neler çıkarıldı

Zeugma'nın kaderi

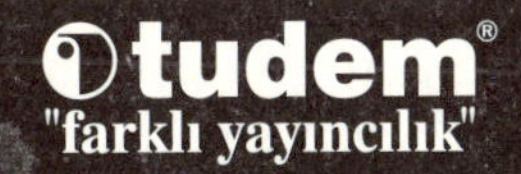

2003
tudem edebiyat ödülleri

"ÇOCUKLARA YAZIN"

Masal - Öykü - Roman
Yarışması

ROMAN DERECELERİ

ESERLER

Birincilik Ödülü	MAVİ ZAMANLAR	**Mavisel YENER** / İZMİR
İkincilik Ödülü	KARA CÜMLE	**Mucize ÖZÜNAL** / AYDIN
Üçüncülük Ödülü	PİTAN ZEYTİN DAĞININ İZİNDE	**Özgür KURTULUŞ** / ANKARA
Mansiyon Ödülü	CENNETİN ÖLÜMÜ	**Metin AKTAŞ** / ELAZIĞ

Seçici kurul puanları ile yapılan derecelendirme
İzmir Karşıyaka 2. Noteri Atay GÜL gözetiminde belirlenmiştir.

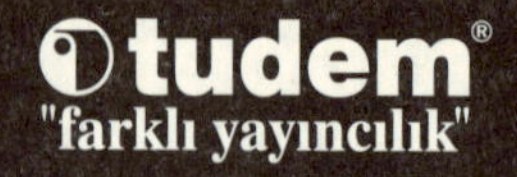

2003
tudem edebiyat ödülleri

"ÇOCUKLARA YAZIN"

Masal - Öykü - Roman
Yarışması

MASAL DERECELERİ

ESERLER

Birincilik Ödülü	GÜLPERİ	**Aydın BALCI** / TOKAT
İkincilik Ödülü	YAĞMUR SAÇLI KIZ	**Çiğdem GÜNDEŞ** / İSTANBUL
Üçüncülük Ödülü	ALTIN KIZ	**İsmail ÖZCAN** / SAMSUN
Mansiyon Ödülü	BULUT ANA YAĞMUR KIZ	**Mustafa ASOĞLU** / ANTALYA

Seçici kurul puanları ile yapılan derecelendirme
İzmir Karşıyaka 2. Noteri Atay GÜL gözetiminde belirlenmiştir.

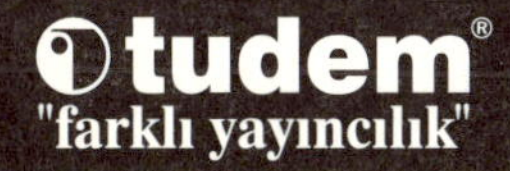

2003
tudem edebiyat ödülleri

"ÇOCUKLARA YAZIN"
Masal - Öykü - Roman
Yarışması

ÖYKÜ DERECELERİ

ESERLER		
Birincilik Ödülü	TUNA'NIN BÜYÜLÜ GEMİSİ	Miyase SERTBARUT/ ANTALYA
İkincilik Ödülü	KUŞ KULESİ	Ferda İ. AKINCI / İZMİR
Üçüncülük Ödülü	BENİM DE ANNEM OLUR MUSUN?	Fevzi GÖNENÇ/ GAZİANTEP
Mansiyon Ödülü	BABAMA KAMERA VERMEYİN	Pelin GÜNEŞ/ ANKARA

Seçici kurul puanları ile yapılan derecelendirme
İzmir Karşıyaka 2. Noteri Atay GÜL gözetiminde belirlenmiştir.